운경 현대 판타지 장편소설

WISHBOOKS MODERN FANTASY STORY

천마사냥꾼 16

운경 현대 판타지 장편소설

초판 1쇄 찍은 날 | 2018년 11월 23일
초판 1쇄 펴낸 날 | 2018년 11월 30일

지은이 | 운경
펴낸이 | 예경원

기획 | 위시북스
편집책임 | 이규재
편집 | 위시북스

펴낸곳 | 예원북스
등록번호 | 제396-2012-000132호
등록일자 | 2012. 7. 25
KFN | 제1-337호

주소 | 경기도 고양시 일산동구 호수로 646-24 위너스21 II빌딩 206A호 (우)10401
전화 | 031-819-9431 팩스 | 031-817-9432
E-mail | yewonbooks@naver.com

ISBN 979-11-89564-44-5 04810
979-11-6098-441-5 (set)

※ 이 도서의 국립중앙도서관 출판시도서목록(CIP)은 서지정보유통지원시스템 홈페이지(http://seoji.go.kr)와 국가자료공동목록시스템(http://www.nl.go.kr/kolisnet)에서 이용하실 수 있습니다.

천마사냥꾼

운경 현대 판타지 장편소설

WISHBOOKS MODERN FANTASY STORY

16

Wish Books

천마사냥꾼

CONTENTS

제57장
이세계의 구원자(2)

3

적시운은 게이트 너머로 발을 내디뎠다.

차원의 벽을 넘어서는 순간 그의 뇌리를 하나의 개념이 스쳐 지나갔다.

그것은 이세계, 아니, 차원을 넘어온 이상은 이 세계라 불러야 할 곳의 짤막한 정보, '그'가 차원을 넘어온 이후의 이야기, 바로 그것이었다.

"한데 어째서 갑자기……?"

[그놈과 본좌는 본질적으로 같은 존재이기에 그럴지도 모르겠군. 그게 아니라면 누군가가 안배를 해두었거나.]

"누군가라는 건 황제가?"

[그럴지도, 혹은 우리가 모르는 제삼의 존재일지도 모르지.]

고개를 끄덕인 적시운은 머릿속으로 흘러드는 정보를 차분히 받아들였다.

인간의 지식과 문학, 역사를 습득한 마족들은 그들에게 역사와 사상 등과 같은 많은 것을 빚졌다.

자신들은 오직 파괴와 반목만을 반복해 왔기에 문화라는 것이 없었던 까닭이다. 특히나 그들이 관심을 가진 것은 인간들의 신화와 설화들이었다.

그중에서도 지옥에 관련된 전승은 자신들의 세계와 많은 점에서 닮아 있었다. 그 지식에 기대어 본인들의 세계를 지칭하기를 판데모니엄, 즉 복마전(伏魔殿)이라 이름 붙였다.

그것이야말로 자신들의 세계에 있어 가장 어울리는 이름이라 생각했기 때문이다.

기나긴 세월 끝에 마족들은 새로운 형태의 기쁨을 맛보았다.

신세계를 발견한 데 대한 환희.

새로운 지식과 문명의 흔적을 흡수하게 된 것에 대한 희열.

그들은 지구에게, 인간에게 감사했다.

다만 문제는, 그들이 태생적으로 마족 그 자체라는 점이었다. 그리하여 그들은 자신들만의 방식으로 지구에 감사를 표하기로 했다.

심연의 업화와 암흑의 살계, 자신들이 지닌 모든 것을 아낌없이 지구에 풀어놓기로.

마족에 의해 획책 된 마수들의 침공은 그렇게 이루어졌다. 물론 그것이 가능했던 데엔 핵심적인 한 인물의 존재가 필수였다.

마족과 마수들에게 신세계의 존재를 알려준 선지자.

동시에 그들 모두를 굴종시킬 만큼 강력한 힘을 보유한 지배자이며, 신세계로 향할 방법을 선물해 준 구도자.

그는 프로메테우스이며 알렉산드로스인 동시에 모세였다.

미개한 마수들은 그러한 사실을 모를 테지만 지성을 갖춘 마족들은 충분히 이해하고 인정할 수 있었다.

그래서 그들은 선지자에게 명칭을 선사했다.

본디 그가 있던 세계에서 불렸던 이름과 의미 자체가 상통하는 동시에 가장 영향력이 큰 언어로써 표현된 이름을.

아포칼립틱 데몬 로드(Apocalyptic Demon Lord).

천마였다.

"서로 다른 개념일 거라 생각했던 천마가, 사실은 동일한 존재였다는 거군."

천마신교의 종주인 천마, 그리고 마수 무리의 지배자로 알려진 최강의 마수, 천마.

단순히 이름만 같은 것으로 여겨져 온 그 둘은 사실 동일한 존재였다.

천마는 판데모니엄의 군주들을 쓰러뜨림으로써 패권을 장악했다.

지구에 대해 알려준 것은 그 이후의 일.

이미 힘의 대결에서 패배한 마족들은 천마가 알려준 새로운 지식으로 인해 완전 복종을 맹세하게 되었다.

그 이후는 적시운을 비롯한 지구인들도 잘 알고 있는 이야기가 전개되었다.

차원 게이트가 다시 열렸고 마수들이 지구를 유린했다. 학살이 자행되고 문명은 무너졌으며 대지는 신음하고 생명은 피 흘렸다.

"하지만 이 정보에도 '왜'가 빠져 있잖아."

왜 천마는 이세계로 넘어갔는가.

왜 마족들을 회유하여 침공을 일으켰는가.

왜 그런 주제에 마수들을 해치워 가면서까지 제국을 세웠

는가.

적시운에게 흘러들어 온 정보들에는 그것들이 빠져 있었다. 그저 이러이러했다는 행적만이 있을 뿐, 그에 대한 동기와 목적은 전혀 담겨 있지 않았다.

"그건……."

적시운은 눈을 떴다.

"너희를 족치면 알게 되는 거냐?"

으르르르!

크워어어어!

고막을 찢을 듯한 포효가 대답을 대신했다.

한두 마리가 울부짖는 것이 아닌 군단 규모의 포효.

작열하는 벌판을 가득 메운 마수들이 적시운만을 바라보며 울부짖고 있었다.

"너희가 무서운 건 아닌데, 말 좀 통하는 놈이 나섰으면 하거든? 괴물 새끼들 꽥꽥대는 소리는 사실 좀 식상하잖아."

크오오오!

반박하듯 쏟아지는 괴성과 굉음에 적시운의 음성은 마치 폭설 아래의 풀 이파리처럼 삽시간에 파묻혔다.

하지만 적시운은 개의치 않았다.

"어차피 알아들을 놈이 있다는 건 다 알고 있다. 쓸데없이 시간 끌지 말고 나오시지."

"단탈리안을 죽일 만한 자의 자신감이로군."

마수들의 포효가 멈추었다.

이름도 모를 기기묘묘한 형태의 마수들이 좌우로 쫙 갈라졌다. 그 사이로 뿔 달린 말의 머리를 단 인간형 마수가 걸어 나오고 있었다.

"이젠 이족 보행을 하는 유니콘도 다 보게 되네. 근데 유니콘이 여기엔 왜 있는 거지? 어디 샘물이나 호수 같은 데를 찾아가야 하는 것 아닌가?"

"나는 암두시아스, 이곳 크로마티움(Chromatium)을 지배하는 백작이다. 단탈리안은 내 권속 중의 하나였지."

"아, 하긴 여기에도 호수가 있긴 하겠군. 물 대신 불이 활활 타오르고 있겠지만."

"네놈의 무모함과 만용에는 감탄했다. 설마 홀로 우리 모두를 상대하러 올 줄이야."

"황제도 그랬었다며? 그리고 너희 모두를 개박살 냈다던데."

"그랬었지. 하지만 너는 그분이 아니다. 그분처럼 될 수도 없고."

"되고 싶은 마음도 없다. 근데 그놈이 해낸 일이라면 나도 할 수 있을 것 같거든?"

일각수의 머리를 지닌 마인, 암두시아스가 불쾌한 듯 투레질을 했다.

"그러니 진짜 말 대가리 같군."

"지금 실컷 떠들어 두어라. 그 입이 찢어지고 난 후에는 그러고 싶어도 못할 테니."

"괴물 놈들 주제에 제법 사람 흉내도 내는데? 지금 그건 꽤 그럴싸했어. 그래 봤자 잡졸들이나 할 법한 협박이지만."

"네놈…… 주둥이만큼은 그분 이상이로군."

"주둥이만 그런 건 아닐걸? 어쨌든 하나만 묻자. 나도 그놈이 했던 것처럼 너희를 다 개박살 내면, 네놈들의 지배자가 될 수 있는 건가?"

"그건 불가능한 일이다."

"지금 가능한지 아닌지 묻자는 게 아니거든, 말 대가리."

암두시아스는 거칠게 코웃음을 쳤다.

"네놈이 그분을 쓰러뜨릴 수 있다면 혹 모르겠군. 하지만 그 전에 우리 모두를 죽여야 할 것이다."

"괴물 주제에 너무 충성심이 강한 것 아냐?"

"그분께선 우리에게 광명을 선사하셨다. 저주받은 불길만이 존재하는 세계가 아닌, 푸른 초목과 창천(蒼天)이 있는 세계를 선사해 주셨지."

적시운은 힐끔 위를 올려다봤다.

하늘은 온통 시커먼 뇌운에 뒤덮여, 오히려 타오르는 대지가 자체 발광을 하는 수준이었다.

확실히 이런 세계에서 살아간다는 건 광증으로 향하는 지름길일 것이다.

하지만…….

"너희는 그렇게 선사 받은 세계를 유린했지. 방사능을 풀고 살육을 벌였으며 인류의 반 이상을 학살했다."

"그분이 원하셨으며, 우리는 원래 그런 존재이며, 너희는 그 세계의 암 덩어리이기 때문이지."

"능숙한 대답인걸. 반박할 말을 못 찾겠어."

원래 그런 놈들이라는데 뭐라 할 말이 있을까?

당당하기 짝이 없는 대답에 적시운은 쓴웃음만 지었다.

"뭐, 됐어. 네놈들한테 따져 봤자 무언가가 바뀔 것도 아니고. 네놈 말마따나 원래 그런 쓰레기들인데 말을 더 나눠봐야 열불만 나지."

"우리는 쓰레기가 아니다."

"쓰레기 맞아. 그건 그렇고 황제, 천마는 대체 왜 네놈들을 우리 세계로 인도한 거지? 백작씩이나 되면 그 이유 정도는 알 것 같은데."

암두시아스가 굵직한 치아를 드러내고선 비릿하게 웃었다.

"네놈에게 말해줄 성싶으냐?"

"말하게 될걸."

쿵!

적시운이 진각을 밟자 대지가 쩌저적 갈라졌다. 갈라진 균열이 곳곳에서 용암이 분수처럼 치솟았다.

피부를 파고드는 무시무시한 기염에 암두시아스는 당황한 얼굴로 고래고래 소리쳤다.

"네놈은 죽은 목숨이다! 설령 우릴 쓰러뜨린다고 해도 판데모니엄의 동족들이 끝도 없이 몰려들 것이다! 그 모두를 상대할 순 없어. 신이 아닌 이상은 네놈도 결국 지쳐 쓰러지게 될 것이다!"

"그럴지 아닌지는 두고 봐야지. 아, 그리고 지친다 싶으면 튀면 그만이야."

"네놈에게 달아날 곳 따위는……!"

자신 있게 말하던 암두시아스의 시선이 돌연 적시운의 등 뒤에 여전히 열려 있는 차원 게이트로 향했다.

게이트는 지금 이 순간에도 정상 작동하고 있었다.

"게이트를 부숴라. 놈이 달아나게 둬선 안 돼! 놈을 이쪽 차원에 가둬놓아야 한다."

"설령 게이트가 닫힌다고 하더라도……."

츠츠츠츠!

탐랑의 검신이 검푸른 강기를 머금고서 으르렁거렸다.

"사냥감인 너희가 나와 함께 갇히게 되는 거다."

"놈을 죽……!"

번쩍!

검푸른 궤적이 시뻘겋게 타오르는 세계를 양단했다.

앞서 엘레노아가 펼쳤던 것과 비슷한, 그러나 위력 면에서는 비교할 수 없을 정도로 강대한 일격이었다.

"뭐……!"

울컥, 울컥.

복부의 감각이 이상하다는 것을 느낀 암두시아스가 배를 손으로 더듬었다.

쌀을 쏟아내는 가마니가 된 듯한 감각은 꿀렁꿀렁 흘러나오는 것은 내장과 핏물 때문이었다.

양단되었다, 단 일격에, 몸통이 위아래로.

"꺼허……!"

어서 빨리 재생해야 한다. 고위 마족이라면 그리 어려운 일이 아니다.

순식간에 회복해선 놈에게 반격하면 된다. 아니, 그건 좀 위험할지도 모르니 이곳은 마수들에게 맡기고 일단…….

턱.

이마 위로 튀어나온 뿔이 붙들렸다.

뿔을 쥐고 있는 것은 인간의 손아귀, 뿔에 가해지는 것은 인간의 것이라 믿기 어려운 무시무시한 악력이었다.

손아귀와 팔뚝 너머, 적시운의 두 눈은 푸른빛 귀화(鬼火)를 머금은 채 이글거리고 있었다.

“이게 힘의 근원? 그게 아니면 그냥 달려 있기만 한 거냐?”

“허억……!”

“뭐, 어느 쪽이든 상관없지.”

우득, 우드드득!

뿔이 들썩였다, 뽑히려는 이빨처럼 붉은 피를 철철 흘리며.

당황한 암두시아스가 팔을 뻗어 쳐내려 했으나 복부가 쩍 벌어지며 상체가 뒤로 기울어졌다.

“크……?!”

상처가 재생되지 않고 있었다. 오히려 상처 속으로 파고든 기운이 독소가 되어 체내 곳곳을 붕괴시키고 있었다.

“네…… 놈……!”

“사냥꾼이 사냥감을 사냥한다. 그다지 놀라거나 이상하게 여길 일은 아니잖아?”

적시운의 안광이 암두시아스의 망막을 뒤덮었다.

으적거리는 소리를 내며 뿔에 균열이 생기기 시작했다.

“나는 사냥꾼, 천마를 사냥할 거다. 너희는 사냥감, 놈을 잡으러 가는 김에 모조리 쓸어주마.”

“끄…… 아아아악!”

온몸이 쪼개지는 고통에 암두시아스는 비명을 토했다.

그것이 곧 유언이 되었다.

적시운이 불어넣은 수라강기에 의해 암두시아스는 터진 풍선처럼 산산이 찢겨 나갔다.

다음은 마수들의 차례였다. 적시운은 곧장 신형을 던져선 마수들의 한복판으로 뛰어들었다.

캬아아아악!

크오오오!

마수들로부터 야기된 갖가지 소음이 타오르는 벌판을 흔들었다.

더 이상은 전의 넘치는 포효는 없었다.

4

우우웅.

싱크 홀의 중심으로부터 빛줄기 하나가 새어 나왔다.

구멍 자체가 워낙 거대하다 보니 빛의 크기는 상대적으로 미약하기 짝이 없었다. 그래도 무언가가 벌어졌다는 것을 짐작게 하기엔 충분했다.

"설마 차원 게이트가……?"

"술진이 다시 구축되었어요."

차수정의 의문을 김은혜가 해소시켜 주었다.

"지금부턴 저게 깨지지 않도록 지켜야겠군요."

위치를 어떻게 잡느냐가 중요했다.

구덩이 쪽에 너무 가까우면 외벽을 지키기 어렵고, 외벽에 너무 가까우면 다른 방향에서 오는 공격에 대응하기 어려웠다.

"뭐, 적당히 상황 봐가면서 임기응변으로 대응해야겠네요."

쿠구구구!

이번엔 빙해의 남쪽에서 굉음이 터져 나왔다.

또 다른 대형 마수인 크라켄이었다. 혹한의 영향으로 움직임이 굼뜨긴 했으나 그래도 엄연한 A급 대형 마수, 부산을 공포에 떨게 했던 살아 숨 쉬는 재앙이었다.

거기에 동쪽의 리바이어선도 여전히 건재한 상황.

파티 인원이 적다 보니 함부로 병력을 나누기도 애매했다. 그리고 애초에 파티 전원이 전력으로 맞서도 승리를 장담할 수 없는 마수들이었다.

"잡는다는 생각은 버리고 지구전으로 몰고 가 버티는 걸 목적으로 삼죠."

"음."

두두두두!

빙해로 올라선 마수들이 한꺼번에 돌진해 왔다. 그 수가 너무 많아서 일일이 세는 것이 불가능할 정도였다.

미끄러운 바닥으로 인해 엎어지거나 자기들끼리 충돌하며

난장판을 만들고 있다는 점이 그나마 위안거리였다.

"머저리 같은 놈들."

"그 머저리도 저렇게나 많으니 꽤 위압적이군."

"겁 먹은 거야, 그렉?"

"그럴 리가."

헨리에타와 그렉이 경쟁하듯 소총탄을 쏴 갈겼다.

그렉 역시 헨리에타의 것과 같은 가우스 라이플을 지급받은 상태였다.

헨리에타처럼 탄환에 강기를 실을 정도의 능력은 없었지만 그래도 전자기력에 의해 가속된 탄환은 충분히 위력적이었다.

퍽! 퍼퍼퍽!

이어진 핀 포인트 사격으로 마수들의 머리통이 수박처럼 터져 나갔다.

특히나 헨리에타가 발사한 탄환은 이리저리 궤적을 바꾸어 가며 한 번에 수십 마리를 관통했다.

"우린 일단 물러나죠."

은여월과 엘레노아가 마수들 사이에서 빠져나왔다.

마수들의 피가 얼어붙어 그녀들의 옷가지와 피부, 그리고 머리칼 위에 딱지처럼 눌어붙어 있었다.

크에에엑!

키아악!

마수들이 갖가지 괴성을 내며 그녀들의 뒤를 좇았다.

심해의 생명체들을 지상에 올려놓은 듯한 기기묘묘한 모습의 마수들은 비교적 널리 알려진 마수들과 달리 특정 지을 만한 이름조차 떠오르지 않을 지경이었다.

콰드드득!

남쪽 빙해가 수십 m 규모로 갈라졌다.

크라켄의 위력을 보건대 지난번 적시운이 사냥한 개체와 비교해도 크게 밀리지 않는 듯했다.

“수정 씨!”

“알고 있어요!”

헨리에타에게 대꾸한 차수정이 다시금 냉기를 발산했다.

빙해를 타고 흘러간 기운이 균열 지역을 다시 얼려선 접합시켰다. 그러나 크라켄이 촉수들을 휘두르자 더욱 큰 규모로 깨져 나갔다.

“칫!”

“안 되겠어. 저쪽 견제를 우선 하자!”

“우리가 가진 총만으로 효과가 있을지는 모르겠군.”

“그래도 해봐야지!”

헨리에타와 그렉이 총구 방향을 돌렸다.

잠시 숨을 돌린 은여월과 엘레노아는 다시 동쪽 마수들을 상대하기 위해 신형을 날렸다.

"저도 전투에 합세할게요."

"그러다가 빙해를 얼릴 기력마저 바닥나면 어쩌려고요?"

"아직은 여유가 있어요. 한계가 오면 제가 알아서 빠질게요."

헨리에타는 할 수 없이 고개를 끄덕였다.

"알겠어요. 그래도 곧 증원이 올 테니 너무 힘을 빼지는 마세요. 수정 씨가 아니어도 싸울 사람은 있지만, 이 정도 빙해를 만들 사람은 수정 씨뿐이니."

"알고 있어요."

차수정이 빙해를 가로질러 엘레노아 쪽에 합세했다. 그러자 지원 사격의 공백이 얼추 메워졌다.

탕! 탕! 타탕!

쿠구구구!

동쪽과 남쪽, 두 군데에서 전투가 진행되었다.

북쪽과 서쪽으로도 마수들이 침범해 오고 있었지만 대부분 빙해에 타격을 주지 못하는 잔챙이였다.

"적시운은 지금쯤 게이트를 타고 넘어갔겠죠?"

쉬지 않고 방아쇠를 당기며 헨리에타가 물었다.

그렉의 등에서 내려 서 있던 김은혜가 구멍 쪽을 돌아봤다.

"아마도 그럴 거예요."

"당연히 다시 돌아올 수는 있는 거겠죠?"

"네, 예기치 못한 큰 변수가 생기지 않는 한은……."

변수라는 말에 헨리에타의 낯빛이 살짝 어두워졌다.

"만약 제국의 황제가 생각만큼 대단한 사람이라면, 우리의 움직임을 속속들이 알고 있지 않을까요?"

애초에 이곳에 차원 게이트가 만들어진 것부터가 그랬다. 인위적인 술진의 설계가 있었으니 게이트가 개방된 것일 터, 거기에 황제의 입김이 닿아 있다는 것쯤은 기정사실이었다.

"그럴지도 모르겠군요. 확신하긴 어렵지만."

"그의 능력이 그 정도는 아니란 건가요?"

"그 사람이 천리안을 지닌 것은 아니니까요. 하지만 확신은 할 수 없어요. 저도 마지막으로 본 지가 오래되었고, 그 사람의 역량은 저로서도 끝을 알 수 없으니."

"……그런 존재를 사람이라 불러야 할지 의문이네요."

정곡을 찌르는 말에 김은혜는 쓰게 웃었다. 하지만 말을 내뱉은 헨리에타도 씁쓸하긴 마찬가지였다.

그녀 곁에도 비슷한 케이스가 떡하니 있었으니까.

'언젠가는 적시운도 황제와 같은 길을 걷게 될까?'

물론 그런 일이 없었으면 좋겠다는 게 그녀의 생각이었지만, 앞일은 아무도 알 수 없는 법.

언젠가는 적시운에게도 그런 순간이 오게 될지 모른다, 자신의 가치관을 송두리째 뒤바꿔 버릴 운명의 순간이.

만약 그때가 오면…….

'우리는 당신을 적으로 돌리게 될까?'

헨리에타는 상념에서 벗어나고자 고개를 가로저었다. 지금은 이런 감상적인 생각에 빠져 있을 때가 아니었다.

"딴생각 중인가? 탄환의 궤적이 무뎌진 것 같은데."

"아, 미안."

그렉의 핀잔에 대꾸한 헨리에타가 다시금 마탄 연사에 들어갔다.

전투는 박빙으로 진행되고 있었다.

주변 일대를 혹한 지대로 바꿔 버린 선택이 생각보다도 큰 효과를 발한 덕택이었다.

하지만 그것도 단기적인 이득일 뿐, 체력이 떨어져 가는 파티원들에 비해 마수는 대부분 쌩쌩했다.

"저것들, 장기전으로 몰고 가려고 파상 공세를 펼치고 있어요."

뒤로 물러난 차수정이 숨을 고르며 말했다.

엘레노아와 은여월도 욕심 부리지 않고서 뒤로 후퇴했다.

엘레노아는 머리칼에 묻은 핏빛 얼음들을 떼어내며 말했다.

"계속 이렇게 가다간 위험해질지도 모르겠는데요?"

"그러니 계속 이렇게 가지 말아야 하는 거죠."

일행의 머리 위로 그림자가 드리웠다. 고개를 치켜든 차수정이 빙긋 웃었다.

"걔들만 친구 있는 건 아니잖아요?"

콰과과광!

검푸른 뇌전의 폭풍이 대지를 물어뜯었다. 작렬하는 송곳니에 꿰뚫린 마수들이 비명조차 지르지 못한 채 갈가리 찢겨 나갔다.

마수들을 걸레짝처럼 찢고 부순 힘의 폭풍은 용암이 들끓는 대지까지 마구 쪼개고 흩어놓았다.

그 폭풍의 한가운데 적시운이 있었다.

기관총처럼 수라검강을 쏟아내는 탐랑.

금나수를 펼치면 장장 20m에 달하는 공간을 찢어발기는 왼손.

진각을 밟으면 지진을 일으키고 허공을 차내면 돌풍을 일으키는 두 다리.

이따금 쇄도하는 공격을 막아내는 데 그치지 않고 도리어 공격자에게 반발력을 실어 보내, 반격하는 육체까지.

적시운이 지닌 모든 것이 대량 학살 병기였다.

거리낌 없이 힘을 쏟아내면서 적시운은 광소를 터뜨리려는 자기 자신을 몇 번이고 자제시켜야 했다.

아무런 제약도 없이 힘을 쏟아낸다는 것은 단순히 뭉친 근육을 풀거나 참아왔던 생리 활동을 해결하는 것과는 차원이 달랐다.

한국에서 싸울 적엔 의식적으로 힘을 억제해야만 했다. 자칫 힘을 너무 쏟았다간 육지에도 영향을 미칠 수 있었던 까닭이다.

백진율과 연평도에서 싸울 적에도 그 때문에 나름대로 노심초사해야 했다.

자칫 전투의 여파가 도시에까지 미칠지 몰랐기 때문이다.

그런 걱정을 이곳에선 할 필요가 없었다.

오히려 대지를 유린하면 유린할수록, 부수고 파괴할수록 좋은 일이었다.

그 사실이 적시운의 파괴욕을 자극했다. 보다 강한 힘으로, 보다 잔학한 수법으로 이 세계를 부수라고 부채질하고 부추겼다.

"하아압!"

콰과과과과!

아수라검계의 묘리를 담은 참격이 크로마티움의 대지 위로 내리꽂혔다.

검격은 거의 수백 m에 이르는 거대한 상흔을 남기며 대지를 헤집어놓았다.

크에에엑!

캬아악!

갈라진 균열 속으로 마수들이 굴러떨어졌다. 마수들을 삼킨 무저갱이 트림하듯 붉은 용암을 토해냈다.

이곳의 하나하나가 족히 A등급에 이르는 마수들이었다. 놈들이 향하려던 곳을 감안하면 당연한 구성이었다.

과거 적시운을 고전케 했던 황혼의 수호자나 아라크네에 맞먹는 마수도 상당수 있었다. 그러나 지금 미친 듯이 날뛰는 적시운 앞에선 잔학한 폭력에 유린당하는 나약한 먹잇감에 불과했다.

물론 여기엔 또 다른 상황적 요인도 작용했다.

덩치가 큰 마수들은 뭉쳐 있는 것보다 개별적으로 움직이는 게 특성상 더 효과적이었다.

하지만 마수의 숫자가 너무 많았다. 크기도 큰 것들이 협소한 공간에 뭉쳐 있다 보니 적시운의 공격에 제대로 대응할 수가 없었다.

대강 검격을 내질러도 알아서 여러 놈이 얻어맞는 지경이었다. 가까스로 펼치는 공격도 적시운이 아닌 바로 옆의 마수를 후려치기 일쑤였다.

"답답하지, 미치고 팔짝 뛸 것 같지? 그게 바로 사냥당하는 사냥감의 심정이야. 너희에게 유린당한 희생자들의 심정이라고."

내키는 대로 내뱉는 말을 알아들을 마수는 없었다. 적시운도 딱히 개의치 않고서 공격을 이어갔다.

콰드드득!

거대한 마그마 서펀트(Magma Serpent)의 아가리를 뚫고 들어간 적시운이 그대로 놈의 식도를 관통했다.

반듯이 세워진 탐랑의 칼날이 놈의 척추를 정확히 반으로 쪼갰다.

콰직!

놈의 등허리를 뚫고 나온 적시운이 하늘로 치솟자 마그마 서펀트가 수천 도로 들끓는 체액을 사방으로 쏟아냈다.

주변에 있다가 체액을 맞은 마수들이 비명을 지르며 녹아내렸다.

"네놈!"

머리 위의 뇌운을 뚫고서 일련의 무리가 쇄도했다.

하나 적시운은 조금도 당황하지 않았다. 기감을 통해 놈들의 접근을 미리 알아채고 있었던 까닭이다.

"갈가리 찢어 죽여 주마!"

"뒈져라!"

얼핏 가늠해 보니 단탈리안이나 암두시아스보다 약간 강한 축에 속하는 마족들. 그럼에도 긴장되기보다는 웃음이 새어 나왔다.

"창의력은 부족한 놈들이군. 한가락 한다는 마족 주제에 기껏 지껄인다는 소리는 피라미나 뱉을 말이잖아?"

"닥치고 죽어라!"

적시운이 왼손을 휘둘렀다.

염동력에 의해 마그마 서펀트의 체액이 하늘로 솟아올랐다. 돌진하던 마족이 흠칫 놀라 방향을 틀었다.

"큭!"

그 순간 마족의 망막에 마지막으로 비친 것은 뇌전처럼 작렬하는 검푸른 칼날이었다.

적시운은 그대로 마족을 좌, 우로 갈라 버렸다.

검격의 여파가 허공을 찢어발기며 무시무시한 뇌성을 토해냈다.

"이, 이런 괴물……!"

"너희가 할 소리냐?"

차갑게 대꾸한 적시운이 탐랑을 비틀어선 마족을 횡으로 베었다.

네 조각으로 갈라진 마족의 육체가 가루가 되어 흩어졌다.

"다음은 너희."

적시운은 숨 한 번 돌리지 않고서 검격을 이어갔다.

"히익!"

"크으윽!"

단 한 가지 감정이 마족들의 뇌리를 잠식했다.

공포였다.

제58장
이세계의 파괴자

1

"좋아. 그럼 모든 게 확실해졌군."

아몬이 짝 소리 나게 손뼉을 쳤다.

"제국은 그 한국인지 뭔지 하는 잡것들에 전쟁을 선포한다. 우리 펜타그레이드는 그 최선봉에 서서 미친한 놈들에게 누가 주인님인지를 가르쳐 준다. 간단하군?"

"지금껏 설명을 들었다면 쉬운 일이 아니라는 걸 알 거라고 보네만."

"지금 바다 건너에 있는 쥐꼬리만 한 국가가 우리 제국보다 강하다고 말하려는 거요?"

"단도직입적으로 묻지."

아킬레스가 정색하고서 말했다.

"200여 명의 고르곤 레벨 강화 인간. 자네라면 혼자서 상대할 수 있겠나?"

"뭐요?"

고르곤 레벨이라면 미노타우르스 레벨의 바로 위, 다시 말해 현시점에선 최고 레벨의 강화 인간을 뜻했다.

"왜 고르곤 레벨이란 말요? 펠드로스의 말에 따르면 분명 미노타우르스 레벨이라고……."

"에블린의 에이스 오브 스페이드를 받았다고도 했지. 그녀의 강화 능력을 가늠하자면 능히 고르곤 레벨과도 비벼볼 만하네."

"큭……."

"다시 묻지. 200여 명의 고르곤 레벨 강화 인간, 자네라면 홀로 이길 수 있겠나?"

아몬의 낯빛이 푸르죽죽해졌다.

그는 물론이요, 아킬레스에게도 무리라는 것이 명확했다.

제국 최강의 강화계 능력자인 드라칸이라면 혹 모를 일이었다. 펠드로스의 능력 또한 베일에 싸여 있는 면이 많았기에 함부로 단정 지을 순 없었다.

물론 자존심 강한 아몬은 그 두 사람의 실력이 자신보다 위라는 것을 용납할 수 없었다.

"그건 나뿐 아니라 이 자리의 누구도 불가능한 일 아뇨?"

"그렇게 한마디로 단정 짓진 마셨으면 합니다만?"

"그 말에 동의한다."

펠드로스와 드라칸이 한마디씩 툭 던졌다.

아몬의 이마에 힘줄이 돋아나는 찰나, 아킬레스가 담담히 말했다.

"자네들이라면 모르겠네만 나는 자신이 없네. 최소한 달아나지 않고 결판을 낸다는 전제하에서, 나는 그중 절반인 100명도 제대로 상대하지 못할 것이네."

"너무 겸손하신 것 같습니다만."

"냉정히 내 능력을 가늠해 봤을 뿐이네. 그리고 미안한 얘기지만, 아마 자네들이라 해도 200명 전부를 홀로 상대하는 건 불가능할 것이야."

아몬이 신경질적으로 혀를 찼다. 드라칸은 불편한 침음을 흘렸고, 펠드로스는 '글쎄요'라며 나직이 중얼거렸다.

"적시운은 그걸 해냈네. 그것만 봐도 그 친구와 한국이란 국가를 무시할 수 없다는 걸 알 수 있을 걸세."

"잠깐! 놈이 혼자서 추격대를 전멸시켰다는 물증 따윈 없잖소? 펠드로스 녀석이 그렇게 설명한 것도 아닐 텐데?"

아킬레스가 펠드로스를 돌아봤다.

"저 말에 대해 답변할 게 있나?"

"죄송. 폐하께서 자세한 설명은 금하라고 하셨거든요."

"그렇게 답할 거라 생각했지. 그러니 나도 내 추측에 의거해 말하겠네. 적시운은 홀로 추격대 200인을 전멸시켰네."

"증거도 없는 추측일뿐 아뇨!"

"나는 그 친구를 알아. 내가 제시할 수 있는 증거는 이것 하나뿐이지. 그리고 나로선 그것으로 충분하네."

암석 같은 아킬레스의 태도에 세 펜타그레이드는 당혹감을 느꼈다. 그가 이렇게까지 고집스레 무언가를 주장한 적은 처음이었다. 다만 그 당혹감의 본질에 있어 펠드로스와 나머지 두 사람은 차이를 지니고 있었다.

"……."

드라칸은 힐끔 펠드로스 쪽을 흘겨봤다.

펠드로스는 속내를 알기 힘든 미묘한 표정으로 침묵하고 있었다.

그것만으로는 아무 것도 알 수 없는 상황, 드라칸은 일단 아킬레스의 말부터 반박했다.

"마지막으로 파악해 기록된 적시운의 스펙은 A랭크 염동술사였소."

"이능력 레벨은 그렇겠지."

"그 외에 뭐가 더 있다는 말씀이오?"

“그렇다네. 아마 나보다는 펠드로스가 잘 알고 있을 거라 생각하네만.”

다시금 시선이 집중되었다. 하지만 여전히 펠드로스는 여유가 담긴 미소를 띠고 있을 따름이었다.

“뭐라 생각하고 말하든 그건 아킬레스 님의 자유겠지요. 하지만 저는 그에 대해 어떤 대답도 하지 않겠습니다.”

“그럴 거라 생각했네. 어쨌든 지금 당장은 폐하의 결단이 어떠한지부터 알아야 할 것 같군.”

아킬레스의 말에선 아직 해결되지 않은 의혹들을 묻어두려는 뉘앙스가 느껴졌다.

그게 의심스러웠지만 드라칸은 질문을 삼갔다. 그러는 게 낫겠다고 판단했기 때문이다.

‘나중에 따로 만나 얘기해 보는 게 낫겠군.’

그로서도 이질감이 느껴지는 상황이었다. 펠드로스는 생각보다 많은 걸 숨기고 있었고, 아킬레스의 태도도 뭔가 석연찮았다.

‘아몬 저놈은 평소처럼 아무 생각도 없는 것 같지만.’

드라칸은 일단 침묵한 채 일이 흘러가는 모양새를 관조하기로 했다. 그것이야말로 드라칸의 주특기 중 하나였으며 때때로 이능력보다도 강력한 무기가 되어준 특기이기도 했다.

“말씀드렸다시피 폐하께선 정의 구현을 원하십니다. 그 무엇보다도 강력한 응징을, 제국에 맞서려는 모든 이들에게 본보기가 될 엄벌을 말이죠."

"한국 정벌…… 이라는 건가?"

"그렇습니다."

펠드로스의 한마디로 모든 것이 명료해졌다.

북미 제국 건국 이래 최초로, 타국을 대상으로 한 전쟁이 개시된다.

그 사실이 담고 있는 무게감은 펜타그레이드들조차 숙연해지게 만들었다.

"개전은 언제지?"

아몬의 어조는 착 가라앉아 있었다.

반면 펠드로스는 여전히 능글능글 웃는 얼굴이었다.

"뭐, 너무 초조해하실 필요는 없습니다. 개전이라 해도 바로 당장 싸우러 가진 않을 테니까요. 여러분도 아시다시피 전쟁이란 게 그리 간단히……."

끼이익.

회의실의 문이 열렸다.

네 펜타그레이드의 고개가 홱 돌아갔다, 아킬레스를 제외하면 하나같이 험상궂은 표정으로.

"설마설마했더니 정말 들어올 줄이야."

"제정신이 아니로군. 대체 요즘 황궁 공무원들 관리를 어떻게 하는 거지?"

기척 자체는 문에 다가오는 동안에 느꼈었다. 그러나 설마 네 펜타그레이드가 회의 중인 방 안에 무턱대고 들어설 줄은 꿈에도 몰랐다.

들어선 이는 젊은 여자 공무원.

서슬 퍼런 시선들이 집중된 탓에 그녀의 얼굴은 새파랗게 질려 있었다.

구겨진 얼굴을 가장 먼저 푼 사람은 펠드로스였습니다.

"저 아이는 제 부관입니다. 대신 사과드리겠습니다."

"대체 부하 교육을 어떻게 하는 거냐?"

"돌아간 후에 충분히 재교육하겠습니다. 그리고 저 아이는 그리 멍청하진 않으니…… 필시 중요한 일이 있어 회의 중에 들어왔을 겁니다. 그렇지, 리트멜?"

"네? 아, 네."

리트멜이라 불린 여인이 떨리는 목소리로 대답했다.

"진심으로 사죄드립니다, 펜타그레이드들이시여. 다만 사태가 시급을 요하는지라 어쩔 수 없이 회의 중에 들어오게 됐습니다."

"진짜 급한 일 아니면 많이 곤란해질 거다, 계집."

아몬의 협박에 리트멜이 흠칫 몸을 떨었다. 작게 한숨을 쉰 펠드로스가 그녀에게 다가갔다.

"일단은 무슨 일인지부터 보고해 봐라. 그것부터 듣고 난 다음 네 처분을 생각하지."

"여, 여기 있습니다."

리트멜이 보고서를 내밀었다.

짜증 섞인 얼굴로 보고서를 낚아챈 펠드로스가 빠르게 내용을 훑었다.

보고서를 읽어가는 펠드로스의 얼굴에서 짜증은 사라지고 경악이 드러났다.

"……이거, 사실인가?"

"네. 나고야에 파견된 관측 부대가 술진의 이상을 파악했……."

펠드로스가 날카롭게 혀를 찼다.

아차 하는 표정이 리트멜의 얼굴을 스쳤다. 이윽고 그녀의 얼굴이 숨길 수 없는 공포로 채색됐다.

"죄, 죄송합니다, 펠드로스 님. 저, 저는 그저……."

"나가 있어라. 네 처분은 나중에 생각하겠다고 이미 말했다.

"네, 알겠습니다. 정말 죄송……."

"입 닥치고 나가라고 했다."

"네……."

힘없이 묵례한 리트멜이 도망치듯 회의실을 나갔다.

펠드로스는 세 사람에게 등만을 보인 채 한동안 침묵했다.

물론 그 자체로 의혹만 증폭시키는 일이었고, 그리 오래지 않아 그는 가벼운 움직임으로 몸을 빙글 돌렸다.

물론 얼굴엔 미소를 띠고 있었다.

"우리에게 설명해야 할 게 많은 것 같은데."

드라칸의 지적에 펠드로스는 고개를 끄덕였다.

"예, 아마 얘기가 길어질 듯하군요. 그 전에 잠시 휴회를 제안해도 되겠습니까? 급히 처리해야 할 일이 생겨서요."

"그 여인이 술진이 어쩌고 주절거린 것 같은데."

"그랬지요. 죄송하지만 당장 설명해 드리긴 어렵겠습니다. 잠시 후에 얘기해도 되겠습니까?"

확연한 불만이 드라칸과 아몬의 얼굴에 떠올랐다.

하지만 그저 열 받는다고 펠드로스를 어찌할 순 없었다. 이러니저러니 해도 그는 황제의 최측근이었으니까.

"대신 조건이 하나 있네."

의외의 말을 꺼낸 사람은 아킬레스였다.

"말씀을 듣지요. 그 조건이란 무엇입니까?"

"조금 전에 나간 처자에게 손대지 않겠다고 약속하게."

"겨우?"

아몬이 어처구니없다는 듯 중얼거렸다. 드라칸은 이해했다는 태도였지만 불만을 아주 감추진 못했다.

그리고 펠드로스는 언제나처럼 미소 지었다.

"물론이지요. 리트멜은 유능한 부하입니다. 혼내더라도 심하게 하진 않을 겁니다."

"아예 건드리지 말라는 걸세. 말 한마디, 손짓 하나 하지 말라는 것이야."

"예? 아아, 그 아이가 마음에 드셨습니까? 그렇다면 오늘 밤 침실로 보내드릴 수도……."

"난 지금 농담하자는 게 아니네."

두 사람의 시선이 첨예하게 충돌했다.

예기치 못하게 발발한 갈등에 아몬과 드라칸은 멍한 표정을 지었다.

"이거 너무하시는군요. 설마 저를 미치광이 사이코패스라고 생각하시는 겁니까? 훈계하기야 하겠지만 고작 이런 일로 부하를 해치거나 하지는 않습니다."

"자넬 의심하려는 게 아니네. 그저 확언을 듣고 싶다는 거지."

"그 말씀 자체가 저를 의심하고 있다는 의미인데도요?"

"내 말을 자네가 어떻게 받아들이는지는 내가 관여할 바가 아니겠지."

펠드로스의 눈빛이 순간 날카롭게 빛났다.

아몬과 드라칸조차 일순 긴장할 정도의 살기.

그러나 정작 그 살기의 대상인 아킬레스는 담담했다.

"과연 퀀텀 리퍼, 이런 장난 가지고는 꿈쩍도 하지 않으시는군요."

어느샌가 살기를 거둔 펠드로스가 씩 웃었다.

아킬레스는 여전히 웃음기 하나 없는 진지한 표정이었다.

"조건을 받아들여 주겠나?"

"뭐, 좋습니다. 그것으로 아킬레스 님께서 마음을 놓으시겠다면."

"펜타그레이드의 수좌가 이런 일로 두말하지는 않으리라 보네."

"이런, 저를 수좌라고 인정해 주시는 겁니까?"

"최소한 나는 그렇다네. 다른 친구들은 어떨지 모르겠지만."

펠드로스는 힐끔 두 사람을 보았다.

아몬은 어처구니가 없다 못해 넋이 나간 표정이었고 드라칸도 인정할 수 없다는 얼굴이었다.

"기분이 좋다는 건 인정해야겠군요. 다른 사람도 아닌 아킬레스 님의 말씀이니."

"휴회는 지금부터라고 봐도 되겠지?"

"예, 저는 잠시 좀 다녀오겠습니다. 꽤 시간이 걸릴 테니 세 분도 충분히 휴식하시길."

펠드로스가 물러났다.

그러자마자 열 받은 아몬이 아킬레스에게 성큼성큼 다가갔다. 하지만 그가 뭐라 입을 열기도 전에 펠드로스가 선수를 쳤다.

"감사의 의미로 한 가지만 말씀드리죠."

세 사람의 시선이 한곳으로 집중됐다.

그 시선을 만끽하며 펠드로스는 말을 이었다.

"그 적시운이라는 놈, 제가 생각했던 것 이상의 난적인 듯싶습니다."

2

쿠구구구.

북서쪽으로부터 다가온 그림자가 빙해 위를 뒤덮었다.

배후 급습을 노리던 마수들의 머리 위로 갖가지 총탄이 쏟아져 내렸다.

콰과과과곽!

대부분 피라미였던 데다 숫자도 적었던 까닭에 마수들은 변변한 방어조차 못 한 채 찢기고 꿰뚫렸다.

이윽고 그 위로 강하하는 병력들은 동백 연합이었다.

-너무 늦은 건 아닌지 모르겠군요. 괜찮으십니까?

통신기로 들려오는 임성욱의 목소리.

차수정은 쾌활한 어조로 대꾸했다.

"한 번은 봐드리죠. 야구도 2아웃까진 괜찮다잖아요?"

-야구 말씀입니까?

"네, 부산이니까. 음, 그래서."

통신기 너머로 임성욱이 웃는 소리가 들렸다.

-오래전 일이긴 하지만 그렇지요. 어쨌든 다행입니다. 그런 농담도 하시는 걸 보니 상황이 생각만큼 심각하진 않나 보군요.

"심각한 줄 아셨나요?"

-예, 아무래도 적시운 님이 지원 요청을 한 적은 처음이니까요.

"아, 그건 저희가 한 거예요."

-예? 그럼 적시운 님은…….

"설명하기가 좀 애매해요."

-오래 걸리는 설명이라면 보류하지요. 우선은 마수들부터 처리한 뒤에 들어도 늦지는 않겠지요?

"네, 물론이죠."

빙판 위로 강하한 동백 연합 전투원들이 날 듯이 돌격했다.

한차례 원거리 포격에 시달린 마수들의 위로 갖가지 병장기가 내리꽂혔다.

"그쪽보다는 동쪽과 남쪽을!"

-알고 있습니다.

동백 연합의 비행 선단이 빙하의 남쪽으로 이동했다.

차르르륵!

머리 위로 그림자가 드리우는 걸 깨달은 크라켄이 촉수를 뻗어댔으나 선단의 고도가 높은 까닭에 닫지는 않았다.

"살포!"

임성욱의 명령에 각 비행선의 하부 해치가 열렸다.

거기서 쏟아지는 것은 냉각용 액체 질소, 캡슐 형태로 쏟아져 내려선 크라켄과 부딪쳐 폭발, 촉수뿐 아니라 본체 구석구석까지도 삽시간에 얼려 버렸다.

-임시방편이긴 하지만 꽤 오래 버틸 수 있을 겁니다.

"잘하셨어요."

어차피 폭탄이나 미사일을 퍼부어 봐야 큰 타격을 주긴 어렵다. 오히려 주변의 빙하를 녹일 공산이 컸다.

그렇게 보자면 액체 질소를 투하한다는 계책은 정석적이라 할 수 있었다.

-다만 지금 공격에 대부분을 쏟아버려서, 리바이어선에게까지 퍼붓기는 어려울 것 같습니다.

"괜찮아요. 오히려 잘됐어요. 각개격파로 하나씩 때려잡죠."

-적시운 님은 부재중인 것 같은데, 괜찮겠습니까?

"언제까지나 선배에게만 모두 맡길 순 없어요."

"동감이에요."

차수정의 말에 헨리에타가 대꾸했다. 그녀들의 결심을 깨달은 임성욱도 반대하진 않았다.

-더블 A랭크 마수 사냥이로군요. 저게 정말 리바이어선이

맞다면 말입니다.

"다행히 기후 때문인지 움직임이 굼떠요."

-거대한 만큼 인간보다도 기후 변화에 무딜 거라 생각했는데, 그렇지도 않나 봅니다?

"모르죠. 저게 우리를 방심하게 하려는 계략일지도."

-하긴 마수들은 교활하니까요. 어쨌든 저도 합세하겠습니다.

하강한 병력과 비행 선단이 차수정 일행 쪽으로 다가왔다.

선단에서 쏟아낸 포격에 동쪽에서 몰려온 마수들을 뒤로 물러났다.

임성욱과 길드장들은 곧장 기함에서 내려 차수정 일행에게 다가왔다.

"시작하죠. 지휘는 차수정 양이 맡아주시죠."

"저보다는 임 의원장님이 맡으시는 게 낫지 않을까요? 메인 병력도 동백 연합이고……."

"이 빙하, 수정 양이 만든 거잖습니까? 아마도 계속 유지하려면 후방에 계셔야 할 텐데요."

"그건 그래요."

"리바이어선과 싸우며 빙하를 유지할 순 없겠지만, 지휘를 내리며 빙하를 유지하는 거라면 가능하겠지요."

"그건 확실히……."

"제 전투력을 극대화하기 위해선 지휘보다는 최선봉에 서는 편이 좋을 겁니다. 게다가 수정 양 곁에는 조언을 해주실 분도 계시고요."

김은혜를 돌아본 차수정이 고개를 끄덕였다.

"알겠어요. 그럼 잘 부탁드릴게요."

"명령은 이 통신기로 내리시면 됩니다. 그럼 저희는 바로 임전하겠습니다."

"알겠어요."

추리고 추린 최정예 병력, 동백 연합의 100여 명이 리바이어선을 향해 전진했다.

임성욱은 그들보다 앞에서 거리를 벌린 채 최고 스피드로 신형을 날리고 있었다.

그 속도는 차수정이나 헨리에타 등에 비해서도 결코 뒤떨어지지 않았다.

"임 의원장님은 리바이어선의 주의를 끌어주세요. 나머지 전투원은 그사이에 잔챙이들부터 처리하겠습니다. 지원 병력이 몰려오기 전에 놈을 고립시켜야 해요."

차수정의 명령에 따라 전투가 벌어졌다.

헨리에타와 그렉은 차수정과 김은혜를 호위하는 한편 마수들을 향해 엄호 사격을 연신 날렸다.

그사이 임성욱은 리바이어선의 지척에 다다랐다.

크오오오!

크라켄마저 압도하는 해저의 제왕은 수면 위로 드러난 몸 크기만 수십 m에 달했다. 그 형태만 보자면 바다에 최적화된 드래곤이라 해도 틀릴 게 없을 듯했다.

실로 압도적인 위용에 산전수전 다 겪은 임성욱조차 심장이 떨리는 걸 느꼈다.

"크라켄은 애들 장난이었군."

그나마 다행인 점은 차수정의 말마따나 놈의 몸이 굼뜬 것 같다는 사실, 임성욱으로선 이 이점을 놓칠 수 없었다.

'정답은 속도전이다!'

마음을 정한 임성욱이 총알처럼 신형을 쏘았다.

해동 무학에서도 쾌속의 정수인 감괘(坎卦)의 세.

한 줄기 바람이 된 임성욱이 리바이어선의 머리 위를 내달렸다.

"하압!"

전력을 다한 진각과 권격.

태산도 무너뜨릴 힘이 리바이어선을 강타했다.

그러나 대재앙마저 넘어선 괴수의 몸은 그저 살짝 흔들리는 데 그쳤다.

크오오오!

분노한 리바이어선이 몸을 비틀어댔다.

임성욱은 급히 위로 뛰어 진동에서 벗어났다.

"어마어마한 맷집인걸. 저놈도 황혼의 순례자 과인 걸까?"

전투를 관망하던 헨리에타가 중얼거렸다.

"방어력과 체력은 엄청난 수준인데 반해 공격력은 그에 미치지 못하는 것 같아. 아니, 그보다는 공격 루트가 다양하지 못하다고 해야 할까?"

"그렇더라도 사냥 난이도가 높다는 건 부정할 수 없다."

긴장된 어조로 그렉이 말했다.

"무엇보다 놈의 목표는 차원 게이트의 술진. 마음먹고 무작정 돌격해 오면 이곳의 빙해 정도로는 막아낼 수 없을걸."

"아직은 그럴 생각이 없나 본데……."

콰과과과!

날뛰는 리바이어선에 의해 빙하가 쩌저적 갈라졌다.

거의 수백 m에 이르는 거대한 균열에 흠칫 놀란 차수정이 냉기를 뿜어내 빙하를 보완했다.

"정말 마음먹고 돌진하면 못 막겠는데요?"

다행히 동백 연합의 마수 소탕이 때마침 완료됐다.

연합의 전투원들은 곧장 임성욱을 지원하여 리바이어선 공략에 투입됐다.

'이제부터가 진짜.'

스멀스멀 피어나는 긴장감.

차수정은 차분히 심호흡을 하고서 통신기를 향해 말했다.

"모두들, 저 괴물에게 본때를 보여주자고요."

콰과과과!

검푸른 섬전이 하늘을 쪼갰다.

상공을 가득 메우던 먹구름이 달아나듯 좌우로 흩어졌다.

드러난 하늘에는 칠흑 같은 어둠만이 가득했다.

한밤중인가 싶었으나 별빛 하나 보이지 않는 걸 보면 그것도 아니었다.

그저 밤낮이 따로 없는 끝없는 암흑뿐.

지구에서 볼 수 있는 광경은 결코 아니었다.

"이차원이긴 하다는 거군."

조금 전 하늘 가득 섬전을 흩뿌린 자, 적시운은 가벼운 어조로 중얼거렸다.

섬전을 토해냈던 칼, 탐랑의 검신은 아직까지도 송곳니 같은 검강을 머금고 있었다.

"괴, 괴물 놈……!"

얼마 떨어지지 않은 곳에서 들려오는 경악에 찬 목소리는 힘을 잃어가고 있었다. 가까스로 저주를 쏟아내는 마족의 몸은 이미 갈가리 찢겨 얼굴만 겨우 남아 있었다.

"네, 네놈이야말로 진정한 악마……."

"너희가 그렇게 말하는 거면 칭찬 아니냐?"

적시운의 지적에 마족은 한 대 맞은 얼굴이 되었다.

어차피 죽어가는 마당에 뭐라 받아치고 싶은데 마땅히 할 말이 떠오르질 않았다. 마족은 정녕 원통하다는 얼굴로 적시운을 노려보며 중얼거렸다.

"네놈이……."

"시끄럽군."

퍼석!

마족의 머리통이 목공소 앞에서 사방으로 흩날리는 톱밥처럼 부서져 나갔다. 마족은 결국 최후의 저주조차 뱉지 못하고서 소멸했다.

[다른 놈들이 더 몰려오는 모양이군. 어쩔 텐가?]

천마의 지적에 적시운은 고개를 돌렸다.

굳이 기감을 펼치지 않더라도 마족과 마수들이 사방에서 몰려들고 있다는 것을 알 수 있었다.

"슬슬 물러나야겠지?"

상대하는 게 두렵지는 않았다. 하지만 숫자가 너무 많았다. 자칫 틈을 내줬다간 술진이 깨져 버릴 수도 있었다.

그랬다간 이쪽 차원에 갇히게 될 터, 지금처럼 마수들이 끊임없이 몰려든다면 술진을 재구성할 여유를 찾기도 어려울 것이었다.

"뭐, 이 정도면 첫인사로는 충분하겠지."

적시운은 차원 게이트를 향해 몸을 날렸다.

그러나 얼마 이동하지 못한 채 멈춰 서야만 했다.

다른 마수들과는 차원이 다른 기척이 엄청난 속도로 쇄도해 왔기 때문이다.

팟!

적시운은 돌아보지도 않고 기척을 느낀 방향으로 검강을 날렸다.

단탈리안을 상대할 때와는 달리 전력을 담은 일격, 그러나 쇄도하는 마족은 조금도 속도를 줄이지 않았다.

쾅!

장대하기까지 한 충격파가 상공을 흔들었다.

일격에 상대방이 다른 마족들처럼 박살 나거나 쪼개지지 않았음을 깨달은 적시운이 그제야 고개를 돌렸다.

"너도 이 동네 귀족 나부랭이냐?"

암두시아스만큼이나 특징이 명확한 마족이었다.

차이가 있다면 이쪽은 고양이과, 아마도 흑표범으로 보이는 머리를 달고 있다는 점이었다. 두 눈은 붉은빛으로 이글거리고 있었다.

수사적 표현이 아니라 정말로 눈동자가 있어야 할 자리에서 불꽃이 넘실댔다.

아마도 조금 전 수라검강을 쳐 냈을 손아귀에선 초록색 선혈이 흘러내리고 있었다.

타격을 입긴 했지만 수라검강을 튕겨냈다는 것 자체만으로도 대단한 일임은 분명했다.

"보아하니 너는 후작이나 공작쯤 되나 보지?"

"크로마티움의 백작, 플라우로스다. 암두시아스는 내 형제지."

"그래서 원수를 갚으러 온 건가?"

"아니, 전장에서의 죽음은 오히려 우리의 숙원 중 하나. 너는 암두시아스에게 명예로운 죽음을 주었다."

제법 점잖은 어조이긴 했으나 적시운은 냉소만 지을 따름이었다.

"괴물들이 자기들 멋대로 귀족 작위를 갖다 붙이더니 이젠 아주 기사도 놀이에 심취하셨군."

"위선적 가치에 심취하는 것이 너희 인간들만의 전유물은 아니지 않나?"

"제법 유식한 소리도 지껄이는군. 그래, 네 말이 맞아. 근데 이 상황에 어울릴 법한 소리는 결코 아니지."

적시운은 내공을 끌어 올리는 동시에 염동력 또한 최대치로 끌어냈다.

"……!"

플라우로스의 눈빛이 흔들렸다.

다만 그저 경악만이 담겨 있는 눈빛은 아니었다.

"과연, 너는 그분과 같은 존재인가."

"너희들 대장인 황제 말이겠지? 같은 힘에 기반을 두고 있긴 하지. 그걸 펼치는 사람은 전혀 다르지만."

"그렇지만도 않은 것 같군."

플라우로스의 말에서 느껴지는 미묘한 뉘앙스에 뭔가 찝찝하긴 했지만 적시운은 개의치 않기로 했다.

어차피 해치워야 할 마족일 뿐이었다. 무슨 말을 하건 신경 쓸 이유가 없었다. 앞선 놈들과 마찬가지로 박살 내고서 돌아가면 그만이었다.

그때 플라우로스가 전혀 예상하지 못한 말을 꺼냈다.

"나는 그대에게 투항하고자 한다, 이차원의 왕이여."

3

적시운은 자기가 헛것을 들은 건가 생각했다.

기세 좋게 덤벼든 표범 대가리 마족이 내뱉을 법한 말과는 거리가 멀었던 것이다.

그러나 잘못 들은 게 아니었다.

천마가 새삼스레 확인시켜 주기까지 했다.

[지금 저 고양이 대가리가 투항하겠다고 말한 건가?]

'당신도 그렇게 들었어?'

[본좌가 잠깐 헛것을 들은 게 아니라면 분명 그러했네만.]

적시운은 미심쩍은 눈으로 플라우로스를 노려봤다.

정작 말을 내뱉은 당사자는 딱히 실수하거나 헷갈렸다는 눈치가 아니었다.

"지금 뭐하자는 거지?"

"선언한 그대로다. 나는 이 대결과 관련하여 그대의 편에 서겠다."

"이제 와서 그런다고 내가 옳다구나 받아줄 것 같나?"

"그대가 투항을 받아들이지 않겠다면 달아나는 수밖에. 정면으로 맞붙는다면 아마 내가 그대를 이기긴 어렵겠지만……."

플라우로스는 담담히 말을 이었다.

"이런 상황이라면 달아나는 것쯤은 가능할 테지."

"……."

눈앞의 마족은 이쪽의 아킬레스건을 확실하게 알고 있었다. 딱히 자신이 그 사실을 알고 있다는 것을 숨기거나 하지도 않았다.

그러면서도 투항 운운했다는 것은 함정이나 속임수와는 거리가 멀다는 의미였다.

"정말로 인간 편에 서겠다고, 네 동족을 배신하고서?"

"너희 인간들도 필요에 따라 얼마든지 비슷한 행동을 하지 않나? 하물며 너희보다 유대감이 희박한 우리들 마족이라면 말할 것도 없는 일이겠지."

부정하기 어려운 말이었다.

애초에 작금의 세계 속에서 유대감이니 동료 의식이니 하는 것은 농담거리에 불과했으니.

물론 그런 세계를 만든 것은 마수 및 마족들이었지만 말이다.

"나 같은 경우가 아예 없었던 것도 아닐 텐데."

"그건…… 그렇지."

천무맹의 가루다 같은 경우만 봐도 알 수 있듯, 인간에게 협력하는 마수나 마족이 없는 것은 아니었다.

더군다나 이들 마수 및 마족을 이끄는 것부터가 인간인 천마.

그런 관점에서 보자면 플라우로스의 투항 선언은 아예 말이 안 되는 일은 아니었다.

"다만 문제는 그 안에 숨겨진 꿍꿍이가 뭐냐는 거지."

"꿍꿍이?"

"그래, 대체 무슨 생각으로 투항이니 뭐니 떠드는 거냔 말이다."

"이유를 말하라는 것이군."

"당연하잖아. 되도록 빨리, 간략히 설명해. 너랑 이러고 있을 시간이 없으니."

안 그래도 마수들이 몰려오는 상황이었다. 적시운으로선 오랫동안 노닥거릴 여유가 없었다.

"시간 끌려는 수작이면 당장 베어 버리겠다."

"이해했다. 그 요청대로 간략히 설명하지. 나는 그대에게서 가능성을 보았다. 이곳, 판데모니엄의 제왕이 될 가능성을 말이다."

"판데모니엄의 제왕?"

"현재 그 자리는 그대와 같은 지구인, 북미 제국의 황제가 차지하고 있다."

"그리고 너희는 놈에게 충성하는 입장이잖아? 놈이 지구의 존재를 알려주고 차원 게이트까지 열어준 데 대한 고마움으로."

"그 빚이라면 이미 충분히 갚았다. 우리는 그의 명령을 따라 지구를 침공했고, 목숨까지 바쳐 가며 그의 황제 놀음을 도왔으니."

"그래서 날 앞세워 반란이라도 일으키겠다는 건가?"

플라우로스는 표범 머리를 좌우로 가로저었다.

"판데모니엄의 규범은 단순하다. 강자는 모든 것을 취할 수 있다. 황제는 우리 모두를 쓰러뜨릴 정도의 강자였기에 제왕의 좌를 차지했다. 그리고 내가 보기엔, 그대 또한 충분히 그럴 자격을 갖추었다."

"그래서?"

"모든 강자에겐 하나의 권리가 있는 법이지. 가장 강한 자에게 도전할 권리가 말이다."

플라우로스는 송곳 같은 손가락으로 적시운을 가리켰다.

"그대의 목적은 황제를 쓰러뜨리는 것. 황제를 쓰러뜨린 이후의 그대는 판데모니엄을 좌우할 권력을 얻는다. 그렇다면 이것을 외부로부터의 전쟁이 아닌, 왕권에 대한 정당한 도전으로 볼 수도 있을 것이다."

"그러니까 나와 황제, 둘이서만 박 터지게 싸우라 하고 너는 옆으로 빠져서 구경이나 하겠다는 거냐?"

"정당한 도전을 지지하겠다는 것이다. 그대에겐 그럴 만한 자격이 있기도 하고."

"뭐, 좋아. 근데 어쩌지?"

사위를 짓누르는 거대한 살기가 적시운에게서 흘러나왔다.

"난 황제뿐만 아니라 너희들 마족과 마수들도 마음에 들지 않거든. 황제 다음엔 너희까지 싹 쓸어버릴 생각이란 말이다."

"그 말을 뒤집자면 당장은 황제가 우선이라는 뜻. 그렇지 않나?"

"그런데?"

"최소한 그때까진 같은 배를 탈 수도 있다는 뜻이다. 합리적 관점에서 보더라도 그게 그대에게도 더 이익일 테고."

"네 말이 거짓이 아닌 경우에만 그렇겠지."

"확실히 그건 그렇군. 불행히도 나는 내 말의 진실성을 보장할 어떠한 물증도 지니고 있지 못하다. 그렇기에 그대의 의심을 충분히 이해한다."

"속 넓고 통 큰 척하지 마시지. 그런다고 네놈에게 호감을 가질 일은 없으니."

"그러지."

적시운은 입을 다문 채 플라우로스를 노려봤다.

'마족의 말을 믿을 수 있을까?'

사실 간단하게 생각하자면 정말 간단해질 문제이긴 했다.

놈을 그냥 베어버리고 마족이고 마수고 보이는 대로 싹 족치면 그만이니까.

하지만 그것이 근본적인 해결책은 아닐 것이다. 어찌 됐던 모든 것의 원흉은 이곳이 아닌 북미 대륙에 있었으니.

적시운이 침묵하자니 플라우로스가 차분히 덧붙였다.

"지금 당장 대답하길 바라는 것은 아니다. 어차피 우리는 다시 만나게 될 터. 그때 대답을 들으면 될 것 같군."

"달아나실 생각이냐?"

"내가 달아나는 게 아니라는 것을 그대는 알고 있다."

플라우로스의 몸이 멀어졌다.

그대로 쫓아가 베어버릴까 했으나, 적시운은 이내 포기하고서 차원 게이트로 향했다.

[기묘한 놈이로군. 교활하다고 해야 할지 이지적이라고 해야 할지 모르겠구먼.]

"그러게. 이름값 제대로 하는 놈이야."

[그건 또 무슨 소린가?]

"플라우로스는 꽤나 유서 깊은 악마의 이름이야. 바알제붑이나 바포메트처럼 인지도가 높은 편은 아니지만."

[흐음.]

"원래는 에티오피아의 수렵신인데 유럽의 중세를 거치며 개념이 변질되었지. 아마도 놈은 거기서 이름을 따온 게 분명해."

[자기네에게 역사라 할 만한 게 없으니 지구의 역사와 신화의 개념을 빌려서 스스로를 꾸민 셈이로군.]

"그렇다고 봐야지. 단탈리안이나 암두시아스도 전부 비슷한 경우야."

[웃기는 놈들이로군.]

"그만큼 자존감에 목매는 놈들이라 봐야겠지. 머저리처럼 자기소개부터 하는 것만 봐도 그렇잖아?"

어찌 보면 열등감의 표출이라고도 볼 수 있었다. 지성을 갖췄다는 것만 빼면 마수들과 다를 바가 없기에 지구의 지식과 문화를 빌려와 본인들을 치장하는 것임이 분명했다.

"그래 봤자……."

적시운은 극성의 시우보를 펼쳤다.

"결국은 괴물 놈들에 불과하지만 말이야."

플라우로스와 대치하는 사이에 제법 날랜 마족 몇 마리가 술진의 지척까지 접근해 있었다.

적시운은 단번에 허공을 뚫고 날아가 놈들에게로 쇄도했다.

콰과과과과!

강기의 폭풍이 대지를 후려갈겼다.

대지와 강기의 폭풍 사이에서 마수와 마족들이 썩은 낙엽처럼 찢어발겨졌다.

차원 게이트는 서서히 닫히고 있었다. 적시운은 마지막으로 크로마티움의 대지를 검강으로 후려쳤다. 십이성 공력이 고스란히 담긴 수라검강은 단번에 지각을 파고들어 땅속 깊이 지층의 뿌리를 강타했다.

콰과과과과!

지금까지와는 차원이 다른 진동이 크로마티움을 뒤흔들었다. 단순히 지표면을 좀 긁는 수준이 아니라 그 내부까지 파고

들어가 지층을 송두리째 뒤엎어버린 것이다.

좌아아악!

쿠구구구구!

상처 입은 대지가 곳곳에서 용암을 토해냈다.

대규모의 지각 변동으로 인해 곳곳의 암반이 쪼개지고 융기했다. 격변이 벌어지는 한복판에서 마수들은 그저 풍랑 속의 조각배에 불과했다.

크에에엑!

캬아악!

애처롭기까지 한 마수들의 비명은 지각이 뱉어대는 굉음에 파묻혀 버렸다.

그러한 대혼란을 뒤로 한 채 적시운은 차원 게이트 너머로 발을 디뎠다.

"첫인사는…… 이 정도까지만 해 두지."

"우리는 인간 방파제다! 여기에 말뚝 박고서 놈의 공격을 모조리 받아낸다!"

"딜러들은 2교대로 공격을 퍼붓도록! 기력이 다했다 싶으면 무리하지 말고 빠져서 서포터에게로 가라!"

"탱커들을 믿고 공격에만 전념해라!"

분주하게 소리치는 길드장들.

빙하의 동쪽 끝에 진을 친 동백 연합은 막강한 화력을 리바이어선에게 집중시키고 있었다.

"부채꼴 형태로 최대한 넓게 퍼지세요. 어쩌면 놈이 브레스를 발사할지도 모르니 탱커들은 유의하시고요!"

차수정은 후방에서 통신기를 통해 지속적으로 명령을 하달했다.

물론 그녀가 하달하는 건 큰 판국에서의 명령뿐, 디테일한 부분은 각 길드장들에게 일임한 상태였다.

"기본적으로는 대형 마수 사냥 원칙을 벗어나지 않도록 합니다. 탱커들은 방어보다는 회피를 기본으로 삼으시길. 무턱대고 부딪치기보다는 놈을 교란시켜야 해요."

안 그래도 임성욱이 독자적인 움직임으로 리바이어선의 주의를 끌고 있었다.

순례자 사냥 당시에 적시운과 아킬레스가 맡았던 역할과 비슷했다.

다만 차이가 있다면 리바이어선의 맷집이 더 뛰어나고 임성욱의 능력이 적시운보다 뒤처진다는 점이었다.

다행히 그 갭을 동백 연합이 높은 공격력으로 메워 주고 있었다.

"저 뭣같이 커다랗기만 한 도마뱀에게 부산의 매운맛을 보여주자!"

"마구 퍼부어!"

갖가지 특수 탄환과 이온 블라스트, 이능력이 리바이어선에게 쏟아졌다. 탱커와 근접 딜러들도 지척까지 달라붙어선 각자의 병장기를 휘둘렀다.

그렇다고 단순히 땅에 발붙인 채 투덕거리는 것은 아니었다.

초인적인 육체 능력을 십분 발휘해 이곳저곳으로 펄쩍펄쩍 뛰어다니며 펼치는 공격이다 보니 다양한 곳에 타격을 가할 수 있었다.

몇몇 전투원은 밀접형 특수 폭탄을 리바이어선의 몸에 부착시키고는 냅다 터뜨렸다. 그중 한 명은 아예 리바이어선의 입 안에다 폭탄을 던져놓고 점화시키기까지 했다.

그 움직임들이 워낙 기민하다 보니 리바이어선은 변변한 반격도 못한 채 두들겨 맞기만 했다.

크오오오!

더 참지 못한 리바이어선이 고통에 찬 포효를 내지르며 몸부림을 쳤다.

그것만으로도 빙하가 당장에라도 뒤집힐 듯 요동쳤다.

"중력 강화, 다들 이 악물고 버텨!"

“갈라진 틈새에 빠지지 않도록 주의해!”

서포터들이 빙하를 다시 얼리는 동시에 하중을 상승시켰다. 비행 선단 또한 구경만 하지 않고서 원거리에서 쉬지 않고 포격을 날렸다.

끈질긴 집중 공격과 교란 전술, 대한민국 최정예라 할 수 있는 공격대의 화력 앞에서 리바이어선은 서서히 고통에 겨운 모습을 보이기 시작했다.

“조금만 더, 조금만 더 하면!”

“마지막까지 집중력을 잃지 마. 상대는 더블 A급 마수다!”

길드장들의 외침에 기합이 들어갔다.

서서히 승기가 보이고 있다고 판단한 것이다.

쩌적, 쩌저적.

“……!”

이상을 가장 먼저 감지한 사람은 헨리에타였다. 지원 사격을 멈춘 그녀의 고개가 자연스레 남쪽으로 향했다.

“설마……!”

액체질소로 얼려 두었던 크라켄, 그 몸 전체를 감싼 빙산이 서서히 부서져 내리고 있었다.

“크라켄이 풀려나면 리바이어선과 합세하려 할 거예요.”

“그건 걱정하지 않으셔도 좋아요.”

김은혜가 나직이 대답했다.

"그분이 돌아오셨어요."

4

"아킬레스 님?"

휴회를 선언한 펠드로스가 아킬레스에게 다가왔다.

"잠시 협조를 받을 수 있겠습니까?"

"무슨 일이지?"

반문한 것은 아킬레스가 아닌 아몬이었다.

의심과 불신이 가득한 그 시선 앞에서도 펠드로스는 빙긋 웃기만 할 따름이었다.

"죄송하지만 말씀드리기 어렵겠습니다."

"쳇! 그것도 황제 폐하의 명령이라고 할 테냐?"

"네, 그렇습니다. 이것은 폐하의 엄명과 관련된 문제거든요."

"……."

침묵한 채 펠드로스를 노려보는 아몬과 드라칸.

가만히 있는 아킬레스조차 불편해질 정도의 눈길이었지만 펠드로스는 철저히 무시로 일관하고 있었다.

"어떻습니까, 아킬레스 님? 함께 가 주시겠습니까?"

"어차피 거절할 수도 없는 일이잖은가. 다음부터는 그렇게 묻지 말고 그냥 명령을 하게."

"그럴 수야 없지요. 저나 아킬레스 님은 모두 같은 펜타그레이드잖습니까?"

아킬레스는 쓴웃음을 지었고 드라칸은 표정을 구겼다. 그렇지만 두 사람의 반응은 아몬에 비하면 지극히 점잖은 것이었다.

"모두 같은 펜타그레이드? 네놈이 언제부터 우리를 동격으로 대우해 줬다고 그딴 소리를 지껄이는 거냐? 빌어먹을 알비노, 자기 편한 대로만 떠들어대는 꼬락서니가 역겹기 짝이 없군."

"가시지요, 아킬레스 님."

"마지막까지 무시하겠다는 거냐? 좋다. 하지만 기억하는 게 좋을걸. 폐하라면 몰라도 네놈만큼은 언젠가 이 아몬이 손봐 줄 거라는 사실을 말이다."

여유롭게 몸을 돌린 펠드로스가 걸음을 떼었다.

그대로 무시하고 가려나 싶어 아몬이 이를 뿌득 갈았으나, 그렇지 않았다. 잠시 발걸음을 멈춘 펠드로스가 들릴 듯 말 듯하게 입을 열었기 때문이다.

"그건 영원히 불가능할 겁니다."

"뭐…… 라고?"

"들으셨잖습니까, 아몬 님. 그럼 이만."

멍하니 있던 아몬이 뒤늦게 노호성을 터뜨렸다.

"이 새끼가!"

아킬레스는 텔레포트를 펼쳤다. 가만히 있다간 정말 싸움이 붙을 것 같았기 때문이다.

그와 함께 다른 건물로 전이된 펠드로스가 입맛을 다셨다.

“그대로 내버려 두셨어도 괜찮았습니다만.”

“내가 괜찮지 않아서 그러네. 대체 힘을 합쳐도 모자랄 판에 아몬의 속을 그렇게 긁어서 뭐하자는 건가?”

“죄송합니다. 아몬 님 같은 머저리를 보고 있자면 속이 뒤틀려서요.”

미소 속에서 희미하게 흘러나오는 살기.

그렇지만 아킬레스조차도 순간적으로 위축되게 만드는 수준이었다.

‘확실히…… 그는 내가 알고 있는 것 이상의 뭔가를 숨기고 있다.’

하기야 그럴 테니 황제의 총애를 받는 것일 터.

하나 과연 황제가 알고 있는지는 의문이었다, 이 남자, 펠드로스가 품고 있는 불안 요소에 대하여.

‘이 사내가 과연 제국의 미래에 이로운 존재일까.’

그런 의문이 들 수밖에 없을 만큼, 조금 전의 살기는 불안정하며 위험했다.

“무슨 생각을 그리 하십니까?”

“아니…… 아무것도.”

아킬레스의 대답에 펠드로스는 빙긋 웃었다.

"저를 바라보며 골똘히 생각 중이시기에 특이한 취향이신가 했습니다."

"별로 재미없는 농담이군. 이제 무슨 용건인지나 말해주지 않겠나?"

"아, 그러죠. 아킬레스 님의 텔레포트 능력이 필요합니다."

"어디 갈 곳이라도 있는 모양이지?"

"예, 저 혼자 날아갈 수도 있겠지만 아무래도 텔레포트보다는 느릴 수밖에 없거든요."

"그래서, 목적지는 어딘가?"

"말로 설명하는 것보다는 보여드리는 게 직관적일 것 같군요."

소형 PDA를 꺼낸 펠드로스가 화면을 켰다. 홀로그램화된 지도가 떠올랐다. 그것을 본 아킬레스가 크게 움찔했다.

"설마……?"

"예, 생각하시는 게 맞습니다. 뭐, 좋은 기회이지 않겠습니까?

펠드로스가 쾌활하기까지 한 어조로 말했다.

"간만에 옛 전우와 재회할 수 있을 테니 말입니다."

쿠궁. 쿵. 쿠궁.

거대한 소용돌이가 있던 자리에 생겨난 싱크 홀 안의 끝이 보이지 않는 어둠 속으로부터 미약한 진동음이 흘러나왔다.

쿠구구구…….

점점 거대해지는 진동은 싱크 홀을 둘러싼 빙벽을 흔들기 시작했다.

마치 거대한 금관악기에서 나올 법한 소리가 빙하 위로 퍼져 나왔다.

쿠우우웅!

그 연주의 끝에서 마침내 빙벽을 넘어 빙해를 뒤흔들며 검푸른 섬전이 솟구쳐 올랐다.

날아오른 섬전은 단번에 방향을 틀어 남쪽으로 향했다. 그곳에는 당장 쪼개질 듯한 수십 갈래의 균열이 뒤덮고 있는 빙산이 자리 잡고 있었다.

쩌저적. 쩌적!

족히 수십 m는 되는 빙산이 무너지기 시작했다. 떨어져 내리는 얼음 무더기 사이로 시커먼 촉수들이 번들거렸다.

촉수가 펼쳐지자 족히 사람 몸집보다 커 보이는 눈알이 번뜩거렸다.

크라켄은 분노와 증오심을 가득 담은 노호성을 터뜨리고자 했다.

감히 자신을 얼음덩이에 가둬놓은 가소로운 것들에게, 사냥감 주제에 사냥꾼에게 대들고자 하는 어리석은 것들에게.

그러한 크라켄의 정수리 위로 섬전이 내리꽂혔다.

꽈릉!

고막을 찢을 듯한 뇌성이 빙해를 흔들었다. 섬전에 직격당한 크라켄의 몸뚱이가 기우뚱하더니 비척거렸다. 충혈된 눈알들이 초점을 잃고서 사방으로 굴렀다.

촤아아악!

누런빛 체액이 분수처럼 정수리 위로 솟구쳤다.

스코프를 통해 상황을 주시하던 헨리에타가 나직이 탄성을 내뱉었다.

검푸른 섬전, 적시운은 기세를 그대로 살려서 크라켄의 몸속으로 파고들었다.

수라검강을 머금은 탐랑을 마구 휘두르는 동시에 사방으로 염동력과 장풍을 쏘아갈겼다.

미친 듯이 작렬하는 이능력과 강기의 폭풍이 크라켄의 체내를 삽시간에 걸레짝으로 만들어버렸다.

키에에엑!

크라켄이 처절한 괴성을 토했다. 분노와 증오심이 아닌, 고통과 공포로 점철된 비명이었다.

촤르르륵!

크라켄의 촉수들이 사방으로 뻗어 나가 광란했다. 빙하를 긁고 해수를 후려쳐 대는 그것은 분명 고통에 가득 찬 힘겨운 몸부림이었다.

푸확!

바닷물에 반쯤 잠겨 있는 크라켄의 본체를 꿰뚫고서 적시운이 빠져나왔다.

초대형 마수가 쏟아내는 엄청난 양의 체액으로 바닷물이 싯누렇게 물들었다.

첨벙!

수면 위로 솟구친 적시운이 재차 크라켄을 향해 다이빙하듯 뛰어들었다.

공포에 질린 크라켄이 있는 대로 촉수를 내뻗었지만 적시운은 모조리 피해 버렸다. 그리고 이미 휑한 구멍이 나 있는 정수리 안으로 파고들었다.

꾸국. 꾸구국……!

크라켄의 자지러지듯 몸을 비틀어댔다.

촉수들이 뒤엉키고 눈알들이 미친 듯이 굴러댔다.

몸의 곳곳이 불룩불룩 튀어나오길 잠시.

눈알들이 뽑혀 나올 듯이 부풀었다.

콰광!

크라켄의 본체가 풍선 터지듯 폭발했다. 갈가리 찢긴 몸뚱

이와 체액이 수백 m 너머까지 날아갔다.

"대단해……!"

뒤늦게 상황을 파악한 차수정이 경악 섞인 탄성을 뱉었다. 헨리에타나 그렉의 반응도 크게 다르진 않았다.

반도 채 남지 않은 크라켄의 사체가 거품을 쏟으며 바닷물 속으로 가라앉았다.

어림짐작으로 봐도 몇 분을 채 넘기지 않은 전투, 살아 있는 대재앙이라고까지 불리는 마수의 최후는 허무하기까지 했다.

반짝.

괴기스러운 색으로 물든 바다에서 반짝이는 무언가가 떠올랐다.

헨리에타는 그것이 크라켄의 코어라는 것을 알 수 있었다.

이윽고 두둥실 떠오른 코어를 붙잡는 손, 크라켄의 코어를 회수한 적시운이 일행 쪽으로 날아왔다.

내심 안도의 한숨을 내쉰 차수정이 말했다.

"다녀오셨군요, 선배."

"응."

"그쪽 일은 잘 풀리셨나요?"

"대강은. 이쪽은 어때?"

"보시다시피……."

적시운은 리바이어선 쪽을 힐끔 돌아봤다.

임성욱을 비롯한 동백 연합의 공격대는 적시운이 귀환했다는 것조차 알지 못한 채 전투에 열중하고 있었다.

"저 녀석이 크라켄보다 강해 보이는데?"

"네, 기록상으로는 어쨌든 더블 A급 마수이니까요."

"그런 놈을 상대로 호각, 혹은 우세라는 거네? 임성욱네도 제법인걸."

"합세하실 건가요?"

잠시 생각하던 적시운이 고개를 저었다.

"됐어. 밥 다 지어놨는데 숟가락만 얹을 순 없잖아. 나도 꽤나 지쳤기도 하고."

물론 싸우고자 한다면 충분히 싸울 만한 여력은 있다.

하지만 그 경우 동백 연합 측이 느끼게 될 박탈감은 작지 않을 것이다.

차수정도 적시운의 생각을 알기에 반대하지 않고 고개를 끄덕였다.

"저쪽의 세계는 어땠나요?"

"지옥이었어, 일단 외관상으로는."

"김은혜 여사님이 말씀하신 것처럼요?"

"응, 놈들이 비뚤어질 수밖에 없겠더라고."

농담 섞인 말에 차수정은 옅은 미소를 띠었다.

"어쨌든 이곳 일은 대강 마무리된 셈이네요."

"저 녀석만 잡고 나면 말이지."

리바이어선의 몸에는 적지 않은 상처들이 나 있었다.

육체가 거대한 만큼 상처의 크기도 결코 작지 않았고, 놈의 입장에선 생채기나 다름없는 수준의 출혈만으로도 바다를 붉게 물들일 지경이었다.

그나마 황혼의 순례자와 같은 초재생 능력은 없는지 상처가 스스로 회복되거나 하는 것 같지는 않았다.

다만 집중 공격에도 저 정도의 상처인 것을 보면 방어력이 압도적으로 높다는 것을 알 수 있었다. 그것만으로도 순례자를 넘어선 괴물임은 분명했다.

이는 동시에 동백 연합에 그만큼 강하다는 것을 의미했다. 한국 제일의 길드 연합이라는 명성은 결코 거짓이 아니었다.

"조금만 더, 조금만 더!"

"젖 먹던 힘까지 모조리 쏟아부어라!"

"마지막까지 방심하지 말고!"

쿠구구궁. 콰과과광!

이온 및 철갑탄의 포화, 뇌전부터 중력파에 이르는 갖가지 이능력, 초인적인 육체에서 뿜어져 나오는 강격들.

100여 명의 공격대와 7척의 전투 비행선이 쏟아내는 공격이 리바이어선을 서서히 무너뜨리고 있었다.

그리고 하나 더.

"하아아압!"

극한까지 기운을 끌어낸 임성욱이 이제는 어느정도 끝이 보이는 리바이어선을 향해 끊임없이 절초를 쏟아부었다.

태극, 건곤, 감리의 3가지 공세가 리바이어선의 급소를 속속들이 파고들었다. 중국 및 천무맹과의 일전을 통해 임성욱 역시 상당한 진전을 이루었다.

최소한 황혼의 순례자를 상대하던 시절의 적시운보다는 강해진 그였기에 순례자보다 강한 리바이어선에게도 충분한 유효타를 먹일 수 있었다.

크에에엑!

리바이어선이 격노에 찬 비명을 토했다.

단순한 외침이 아니라 타격을 주기에 충분한 특수 파장의 포효, 드래곤 피어(Dragon Fear)였다.

"크윽!"

"으으윽!"

가까이 있던 탱커와 근접 딜러들, 체력이 약한 서포터 몇몇이 귀에서 피를 흘리며 비틀거렸다. 하지만 공격대의 진형을 무너뜨릴 정도의 타격은 아니었다.

"어서 회복부터!"

"위험하다 싶은 사람은 바로 물러나도록!"

침착한 대처를 통해 공격대는 금세 기세를 회복했다.

오히려 무리하게 포효를 터뜨린 리바이어선의 상처들이 한 층 벌어졌다.

전투가 최종 국면에 접어들었음을 모두가 직감했다.

그리고 어느 누구보다도 리바이어선에 가장 근접해 있는 임성욱이 잘 알고 있었다.

'그대로 꿰뚫는다!'

전투 내내 집요하게 공격한 부위가 있었다. 목덜미 뒤편, 사람으로 치면 후두부 아래 뇌해혈(腦海穴)에 해당하는 위치가 집요한 공격으로 비늘이 벗겨지고 피가 흐르는 중이었다.

'전력을 다해 강타한다면……!'

놈에게 결정타를 가할 수 있다. 그렇게 판단한 임성욱이 내공을 끌어 올린 찰나였다.

"미안하지만 그리 쉽게 승리를 내줄 순 없지."

덜컥!

날카로운 무언가가 임성욱의 옆구리를 꿰뚫고 들어왔다.

5

"크…… 윽!"

임성욱은 격통과 당혹감 속에 눈을 부릅떴다.

육체의 일부가 쏟아져 나가는 느낌에 반사적으로 붙든 것은 옆구리에 박혀 있는 인간의 팔이었다.

간신히 고개를 돌려 보니 낯선 외모의 사내가 있었다.

먹구름 낀 하늘과 지저분하게 물든 바다 사이에서 유독 새하얀 피부.

아마도 알비노인 듯했다.

유려한 얼굴 위에 서려 있는 잔학 그 자체인 미소.

그가 임성욱의 옆구리에 팔을 박아 넣고 있었다.

"이렇게 쉽게 당할 리는 없을 텐데. 아무래도 너는 적시운이 아닌가 보군."

"……!"

"확인해 주시겠습니까, 아킬레스 님?"

악센트가 강한 영어였지만 임성욱은 충분히 알아들을 수 있었다.

알비노 사내의 곁에 선 또 다른 사내가 대꾸했다.

표정을 보건대 적잖이 충격을 받은 듯했다.

"그 친구가 아닐세. 그런데 대체 이게 무슨 짓인가?"

"설명은 차차 해드리죠. 어쨌든 아쉽게 됐군요. 적시운에게 치명타를 먹였다고 내심 좋아했는데 말입니다."

"크……! 네놈들은 대체 누구냐?"

임성욱의 외침에 알비노 사내가 빙긋 웃었다.

"영어를 할 줄 아는군. 하지만 질문은 던질 줄 모르는군. 상대가 답할 마음이 없는 질문은 무의미한 법이지."

"그렇다면 답하게 만들어주마!"

이를 악문 임성욱의 체내의 공력을 격발했다.

거의 세 치 가까이 파고들었던 알비노의 오른손이 뽑혀 나왔다. 걸쭉한 살점과 핏덩이가 흉물스럽게 묻어 있었다.

"하압!"

기합성을 토한 임성욱이 알비노 사내를 공격해 들어갔다.

건곤의 세를 기반으로 한 권격, 리바이어선에게도 적잖은 타격을 준 묵직한 일격이었다.

그러나 사내에겐 닿지 않았다.

알비노 사내는 가볍게 물러나는 것만으로도 임성욱의 권격을 흘려냈다. 그리고 그의 팔 아래의 공간으로 파고들었다.

"……!"

깜짝 놀란 임성욱이 있는 힘껏 허공을 박찼다.

그의 신형이 튕기듯 뒤쪽으로 날았다.

아슬아슬한 차이로 사내의 피 묻은 손이 허공을 갈랐다.

"스피드는 상당하군. 그래 봤자 제 살 깎아 먹기밖에 안 되겠지만. 그렇게 움직여선 출혈만 늘리는 꼴이 아닐까?"

여유롭게 중얼거린 알비노 사내가 오른손을 털었다. 진득하게 묻어 있던 살점이 떨어져 나가는 걸 보며 임성욱은 이를 악물었다.

"너희들……!"

쿠구구궁!

아래쪽으로부터 굉음이 터져 나왔다. 임성욱의 부재로 인해 위기를 벗어난 리바이어선이 날뛰기 시작한 것이다.

"크아아악!"

"으으윽!"

최후의 압박을 가하던 탱커들이 예기치 못한 반격에 지리멸렬했다.

"상처 입은 야수는 무서운 법이지. 보아하니 저 녀석도 알고 있는 모양이군. 여기서 더 밀렸다간 끝장이라는 걸 말이야."

"큭!"

"보아하니 작전은 실패한 모양이군. 게이트도 닫힌 모양이고, 소용돌이는 아예 소멸해 버렸는걸. 설마 이 정도로 시원하게 실패해 버릴 줄은 몰랐는데."

사내의 혼잣말에 임성욱은 정신이 번쩍 뜨이는 기분이었다.

"그렇다면 네놈들이……?"

알비노 사내가 빙긋 웃었다.

"호기심이 너무 많으면 끝이 좋지 않은 법이지."

"큭!"

임성욱은 허공을 박차고 후퇴하려 했다.

상처가 깊고 출혈이 심하니 일단은 회복하는 게 우선이었다. 기습을 당한 상황에서 무리하게 덤벼들어 봐야 승산이 없다는 건 자명했다.

하지만 사내가 더 빨랐다. 단번에 임성욱의 지척까지 접근해서는 그의 심장을 향해 손날을 뻗었다.

'꿰뚫린다……!'

사신이 바로 뒤에서 손짓하는 순간, 검푸른 섬전이 두 사람 사이를 가르고 지나갔다.

번쩍!

고통은 없었다.

질끈 눈을 감았던 임성욱은 의문 속에서 눈꺼풀을 들었다.

그리고 안도했다.

"돌아오셨군요."

"온 지는 조금 됐지."

적시운이 담담히 대꾸했다. 시선은 알비노가 아닌 다른 사내 쪽을 향한 채였다.

알비노 사내의 손날은 적시운의 오른팔에 붙들린 상태.

알비노는 흠칫한 표정이었지만 이내 입가에 미소를 띠었다.

"당신이 바로 적시운이로군요."

적시운은 대꾸하지 않았다. 그저 또 한 명의 사내를 지그시 바라보기만 할 따름이었다.

"오랜만입니다."

"그렇구먼. 가족들과는 무사히 재회했는가?"

"덕분에."

적시운의 대답에 사내가 미소를 지었다.

"잘됐구먼. 축하하네. 정말 잘 됐어."

"제국의 진실을 알고 계셨습니까?"

사내, 아킬레스가 움찔했다. 희미하게 떠올랐던 미소도 삽시간에 사라졌다.

"그 진실이라는 게 정확히 무엇을 지칭하는지는 모르겠네만, 나는 자네에게 무언가를 숨기려 한 적이 없네."

"그렇습니까?"

"예, 그렇습니다. 제가 보장하죠."

적시운의 시선이 바로 앞으로 향했다.

오른팔을 붙들린 채 미소를 짓고 있는 알비노 사내.

붉은빛을 띤 그의 눈동자가 적시운의 곳곳을 훑었다.

"이렇게 만나게 되어 영광이군요. 펠드로스 드레이터라고 합니다. 그리고 귀하는 필시 적시운 님이겠지요?"

펠드로스를 대강 위아래로 훑은 적시운이 아킬레스를 돌아봤다.

"뭡니까, 이건?"

"나와 같은 펜타그레이드…… 그중에서도 리더라고 할 수 있네."

"이거 쑥스럽군요."

펠드로스가 능글맞게 말을 받았다.

분개한 임성욱이 뿌득 이를 갈았다.

"임 의원장은 돌아가서 회복부터 해."

"저도 돕겠습니다."

"도움이 아니라 방해만 돼. 잘 알잖아?"

"죄…… 송합니다."

"미안해할 것 없어. 회복하는 대로 리바이어선 공략에 합세해. 놈은 한계에 달했으니, 동백 연합의 힘만으로도 쓰러뜨릴 수 있을 거야."

"알겠습니다."

임성욱이 지상으로 신형을 날렸다.

그것을 본 펠드로스가 말했다.

"바로 따라잡아서 해치우실 수 있죠, 아킬레스 님?"

"불가능하네."

"명령 불복입니까?"

"우리가 동등한 위치라고 말했던 건 다름 아닌 자네였네만."

"그건…… 그랬지요."

한숨을 내쉰 펠드로스가 적시운에게 말했다.

"이것 좀 놓아주시겠습니까? 일단 저것부터 좀 죽여야 할 것 같아서요."

"에블린은 너에 비하면 요조숙녀였군."

차갑게 대꾸한 적시운이 냉소를 머금었다.

"멍청하다는 점은 다를 게 없지만."

"내가요?"

"너 말고 그럼 누가 또 있지?"

냉랭히 쏘아붙인 적시운이 아킬레스를 돌아봤다.

"간단히 말하죠. 모든 것의 원흉은 북미 제국의 황제입니다. 놈이 세상에 마수들을 풀어놓았고 기존의 세계를 망쳐놓았습니다."

"……!"

흔들리는 아킬레스의 눈동자를 보며 적시운은 차분한 어조로 말을 이었다.

"나는 황제와 결판을 낼 겁니다. 놈이 지금껏 벌여놓은 모든 일의 대가를 치르게 할 겁니다. 어떻게 하시겠습니까?"

아킬레스가 입술을 깨물었다.

펠드로스는 별다른 반박이나 변명 없이 가만히 있을 따름이었다, 마치 그의 대답을 기대라도 하는 듯.

잠시 후 아킬레스가 어렵게 입을 열었다.

"미안하네."

적시운의 눈동자가 미세하게 흔들렸다.

"믿지 못하겠다는 겁니까?"

"그 반대일세. 아마 자네의 말이 옳을 것이야. 예전이라면 반신반의했겠지만 이젠 아니네. 자네의 설명이 진실이라는 것을 알 수 있어."

"그런데 왜……?"

"그렇더라도 내 충성의 대상은 황제 폐하일세."

아킬레스는 안타까움이 가득한 표정으로 말했다.

"미안하네."

"그렇다는군요."

비꼬듯이 말을 붙이는 펠드로스를 향한 적시운의 시선은 착 가라앉아 있었다.

"좀 시끄럽네."

적시운은 펠드로스의 팔을 붙든 왼손에 힘을 주었다.

꾸구구국……!

강철도 짓이겨 버릴 엄청난 악력에 처음으로 펠드로스의 낯빛이 경직되었으나, 놀랍게도 팔이 부스러지거나 하진 않았다.

'버틴다?'

적시운의 놀란 눈에 펠드로스가 눈살을 찌푸렸다.

"확실히…… 강하군요."

"너, 육체 강화 계열이냐?"

"틀렸습니다. 뭐, 별 차이가 없기는 하지만요."

적시운이 의아해하려니 아킬레스가 돌연 탄성을 뱉었다.

"설마, 펠드로스 너는……!"

"거기까지만 하시죠, 아킬레스 님. 이쪽 정보를 고스란히 까발려서 어쩌자는 겁니까?"

아킬레스가 입을 다물었다.

의문이 남은 상황이긴 했지만 적시운은 개의치 않기로 했다.

"뭐가 됐든 박살 내면 그만이지."

수라권강이 응축된 주먹이 펠드로스의 턱을 향해 날아들었다.

그러나 돌연 발생한 무형의 기운이 적시운의 주먹을 허공에서 막았다.

카가가각!

엄청난 양의 스파크가 허공으로 튀었다. 막대한 두 힘의 충돌로 인해 주변 공간이 희미하게 일그러졌다.

초인의 영역조차 넘어선 힘의 격돌.

아킬레스는 물론이고 적시운조차 놀란 눈으로 펠드로스를 바라봤다.

"너, 정체가 대체 뭐냐?"

"말했잖습니까. 내 이름은 펠드로스라고."

펠드로스가 쓴웃음을 머금은 채 말했다.

"뭐, 특이점이 있다면 제국 최강의 염동술사라는 점이겠지요."

"S랭크 염동술사……?"

"틀렸습니다."

펠드로스가 차분한 어조로 말했다.

"SS입니다."

빙하에 착지할 때쯤 임성욱은 반쯤 혼절한 상태였다. 펠드로스에게 치명상을 입은 걸로 모자라 힘까지 무리하게 끌어낸 탓에 상처가 심해진 것이다. 출혈이 극심한 것은 물론이요 엎친 데 덮친 격으로 내상까지 악화됐다.

힐러들이 달라붙어 회복시키려 했으나 임성욱의 낯빛은 좀처럼 나아지지 않았다.

"저희가 치료할게요!"

차수정 일행이 황급히 달려왔다.

무턱대고 상처 재생만 시키려다간 기혈이 뒤틀릴 수도 있었다. 무공을 통한 내상인 만큼 무공을 통해 치료하는 게 답이었다.

"헨리에타 양이 맡아야겠어요."

임성욱의 맥을 짚어 본 김은혜가 말했다.

"기운의 특성이 그나마 헨리에타 양의 소호신공과 가장 흡사해요."

"해보겠어요. 어떻게 하면 되죠?"

"제가 지시하는 대로 내공을 흘려 넣으시면 돼요."

김은혜의 지도를 따라 헨리에타가 임성욱에게 기운을 불어 넣었다. 약간의 시행착오를 거쳐 임성욱의 얼굴에 차츰 혈색이 돌아왔다.

그동안 차수정은 걱정 가득한 얼굴로 상공을 올려다봤다.

"대체 무슨 일이 일어난 거죠?"

"불청객이 찾아온 모양이에요."

김은혜가 굳은 얼굴로 대답했다.

"아마도 그 남자…… 황제의 심복이겠지요."

"기척을 느끼지도 못했어요. 그 정도로 압도적인 실력을 지녔다는 걸까요?"

그녀뿐만이라면 몰라도 적시운 역시 눈치채지 못했다.

그들의 기척을 포착하자마자 신형을 쏘았지만 이미 그땐 임성욱이 당하고 난 뒤였다.

"눈치채지 못한 게 당연해요. 저들은 텔레포트를 통해 이동해 왔으니까요."

"이 근방에 숨어 있다가요?"

김은혜는 고개를 저었다.

"그럼…… 지구 반대편에서 순간 이동을 했단 말인가요?"

"그것이 가능한 단 한 명의 인간이 제국에 있답니다."

김은혜가 안쓰러움이 가득한 얼굴로 하늘을 바라봤다.

"너무나 굳은 신념으로 인해 고통받는 분이 말이에요."

"……."

그사이 임성욱이 의식을 되찾았다.

눈을 뜨자마자 상체를 일으키려는 그를 헨리에타가 만류했다.

"출혈이 심해요! 지금은 그만 싸우고 쉬도록 하세요."

"그럴 순 없습니다. 제가 없는 동백 연합만으로는……."

"그건 걱정하지 말아요. 임 의원장님의 공백은 우리가 메꿀 테니까요. 그렇죠?"

헨리에타의 질문에 일행 모두가 고개를 끄덕였다.

6

"……."

적시운은 미간을 찡그렸다.

펠드로스가 더블 S랭크의 이능력자란 것이 놀랍기는 했으나 경악할 정도는 아니었다.

척 봐도 놈은 황제의 오른팔, 그쯤은 되어야 하지 않나 싶기도 했다.

정작 경악에 가까운 감정을 느낀 이유는 따로 있었다.

'이능력과 내공은 별개의 힘일 텐데?'

적시운이 천마에게 치명상을 가할 수 있었던 것도 그 덕분이었다. 물론 천마가 일부러 당해주었다는 점도 무시할 순 없었지만 말이다.

하지만 조금 전, 펠드로스는 적시운의 악력을 버텨냈다.

단순히 강화 육체를 지녔기 때문이라고만 보기엔 석연찮았다.

'뭔가 숨기는 게 있다는 건데.'

하기야 놈은 황제, 즉 이쪽 세계의 천마와 긴밀하게 관련되어 있을 터.

그런 만큼 무공과 이능력 간의 괴리를 해결할 수단을 마련했을지도 모를 일이었다.

"뭐, 그런 건 아무래도 좋아."

적시운은 단전의 기운을 끌어 올렸다.

놈이 정녕 더블 S랭크 이능력자라면 A랭크 염동력은 무용지물, 결국 천마신공에 올인하는 것이 정답이었다.

쿠구구구.

스멀스멀 피어오르는 수라강기가 주위를 검게 집어삼켰다.

구름 한 점 없던 하늘이 그 영향을 받아선 탁한 빛으로 물들었다.

"큭……!"

한 발 떨어져서 지켜보던 아킬레스가 침음을 삼켰다.

무공에 정통하지 않은 그조차도 느낄 수가 있었다, 적시운이 예전과는 비교할 수도 없을 만큼 달라졌다는 것을.

"정녕 이러는 수밖에 없겠는가?"

아킬레스의 말에 적시운은 픽 웃었다.

"뭐 다른 수가 있겠습니까?"

"싸우는 것만이 능사는 아닐 걸세. 황제 폐하께 잘 설명하기만 한다면……."

"본인 스스로도 믿지 못할 말은 하지 마시죠."

"……."

아킬레스가 고개를 떨어뜨렸다.

적시운이 지적했던 대로 그 역시 불가능한 일이라는 것을 알고 있었던 까닭이다.

대화로 풀기엔 너무 멀리 와버렸다.

겉핥기식으로만 상황을 알고 있는 그조차도 그 사실을 부정할 수 없었다.

모든 것의 시작점이 적시운이나 한국이 아닌 황제라는 것도.

적시운은 펠드로스에게로 시선을 옮겼다.

두 사람을 흥미롭다는 눈으로 번갈아 보던 펠드로스가 쓴웃음을 지었다.

"확실히…… 당신은 위험한 사람이로군요."

"너나 황제만 할까?"

"저만큼 평화를 사랑하는 사람도 없을 텐데요?"

"그래서 바다 건너 이역만리에 차원 게이트를 열려고 하셨군?"

"폐하께서 명령하셨으니까요. 저는 충성심 가득한 신하거든요."

"하긴, 꼬리 살랑거리는 것만큼은 잘할 것으로 보이는군."

"……."

펠드로스의 미소가 경직되었다.

희미하게 드러나는 노기.

하지만 그는 이내 감정을 털어내고서 빙긋 웃었다.

"안 되지, 안 돼. 제 임무는 여기서 당신과 아옹다옹 다투는 게 아닙니다. 미안하지만 알량한 도발에 넘어가 줄 수는 없지요."

"내가 무섭나?"

"당연하지 않겠습니까? 당신은 다름 아닌……."

무언가를 말하려던 펠드로스가 아차 하는 표정을 지었다.

"실례. 머저리처럼 이쪽의 정보를 떠벌릴 수야 없지요."

그가 아킬레스에게로 고개를 돌렸다.

"가시죠, 아킬레스……."

적시운이 허공을 박찼다.

파앙!

파공음은 상황이 종료되고도 한참 뒤에야 울렸다.

적시운이 약간의 고민 뒤로 허공을 박차고 아킬레스에게 쇄도하고, 펠드로스가 득달같이 반응하여 그 앞을 가로막고 난 뒤에.

파파파파팡!

연신 터져 나와선 하늘을 뒤흔드는 소닉붐.

적시운과 펠드로스가 초음속의 스피드로 권장지각을 나누고 난 뒤의 일이었다.

"……!"

아킬레스의 얼굴 가득 경악이 어렸다.

그리고 그것은 적시운도 마찬가지였다.

"너……!"

"놀라셨군요. 뭐, 근데 그렇게까지 경악할 일은 아니지 않습니까?"

주먹을 거두며 펠드로스가 말했다.

그가 취하고 있는 자세는 적시운에게 있어 무척이나 낯익었다. 그럴 수밖에 없는 게, 천마신공의 권식 중 하나였던 것이다.

"무인이 제자를 두는 게 이상한 일은 아니니까요."

"황제가 너를……?"

"예, 저는 그분께 크나큰 은공을 입었지요."

펠드로스의 눈빛이 순간 날카로워졌다.

"그렇기에 그분의 길을 가로막는 것들을 용서할 수가 없습니다."

"……."

"당신에게도 마지막 경고를 하겠습니다. 자결하십시오. 이 세상에서 적시운이라는 존재 자체를 스스로 말살하십시오. 그렇게 한다면 한국과 아시아…… 당신이 알고 있는 세상은 있는 그대로 내버려 두겠습니다."

"지금 그 약속을 믿으라는 거냐?"

"믿지 않으면 파멸만이 있을 따름입니다. 당신이 알던 세계, 당신이 아는 사람들, 당신이 아는 그 모든 게 불길 아래 사라질 겁니다."

"천무맹 놈들도 비슷한 소리를 지껄였었지."

"천무맹? 아, 그 머저리 집단 말입니까? 이미 수백 년도 전에 폐하께서 내다 버린 세계를 주워선 떵떵거리던?"

"비록 적이긴 했지만 네놈에게 그런 말을 들어야 할 자들은 아니었다."

"자기 손으로 멸망시킬 때는 언제고, 이제 와서 두둔하려는 겁니까? 아, 하긴 그러면 마음이야 편하겠지요. 본인이 악인이 아니라고 자위할 수도 있을 테고요."

"……."

펠드로스의 두 눈에 날카로운 귀기가 어렸다.

"그러니 내 입으로 확고히 선언하겠습니다. 당신은 절대적인 악(惡)입니다, 적시운. 그러니 최소한의 양심과 선의가 남아 있다면 나가 뒈지십시오."

"그 말 그대로 돌려주지, 황제의 애완견 나리."

두 초인 사이로 거대한 살기가 소용돌이쳤다.

지켜보는 것만으로도 숨이 막힐 듯한 기분에 아킬레스는 자기도 모르게 텔레포트로 멀어졌다.

쿠구구궁!

아래쪽에서 굉음이 울렸다.

대마수 리바이어선의 머리가 빙해에 처박히는 소리였다.

"이제 막바지다, 전력으로 몰아붙여!"

"조금만 더 하면 우리의 승리예요!"

"마지막까지 방심하지들 마!"

동백 연합이 막판 스퍼트를 올리고 있었다.

비록 임성욱이 전력에서 이탈하긴 했으나 헨리에타와 그렉이 접근전에 합세함으로써 전력 손실을 최소화했다.

거기에 차수정까지 합세했다. 이제 더 이상 빙해를 유지할 필요가 없었던 것이다.

게다가 주변의 마수들은 처리된 뒤 집요한 공세를 오롯이 홀로 받게 된 리바이어선은 빠르게 무너지고 있었다.

"일단…… 축하는 해드리죠."

차가운 눈으로 아래쪽을 훑은 펠드로스가 말했다.

"당신과 저들은 천무맹을 무너뜨린 게 요행이 아니었다는 것을 증명했습니다."

"그리고 너와 네 황제까지 무너뜨릴 거다."

"기세 좋은 개소리로군요. 하긴 짖을 수 있을 때 짖는 게 좋을 겁니다. 나중엔 목이 메 피만 토하게 될 테니."

펠드로스가 아킬레스에게 손짓을 했다.

적시운은 그걸 보자마자 아킬레스보다도 빠르게 반응했다.

"이 새끼!"

쾅!

삽시간에 10여 합의 공방이 전개됐다.

천랑권의 극의를 담은 적시운의 권격들이 쏟아졌으나 펠드로스는 모조리 막아내고 흘려냈다.

그사이 아킬레스가 텔레포트에 성공했다.

펠드로스를 붙들어서라도 쫓아가려던 적시운이었으나, 천마가 벼락같이 소리쳤다.

[무슨 함정이 있을 줄 알고 쫓아가려는 겐가!]

"……!"

최후의 순간 적시운이 손을 떼었다.

그 사이 펠드로스와 아킬레스는 무사히 텔레포트에 성공하여 사라졌다.

나직이 혀를 차는 적시운을 향해 천마는 엄격한 어조로 꾸짖었다.

[안 그래도 괴물 놈들과 싸우느라 체력을 상당히 소진했거늘, 무턱대고 쫓아가겠다는 발상은 뭔가?]

"그러게. 내가 좀 흥분했었나 봐."

적시운은 흥분을 가라앉혔다.

아드레날린처럼 혈관을 질주하던 내력이 사라지니 뒤늦은 피로가 육체를 짓눌러 왔다.

"그놈, 강하던데."

[하나 자네에게 비할 바는 아니네. 몸 상태만 완벽했어도 우세를 점할 수 있었을 걸세.]

"그렇다고는 해도……."

적시운의 얼굴이 어두워졌다.

사실상 저 정도 실력자라면 적시운 외엔 대적할 자가 없었다. 황제를 제외하고도 저런 강적이 더 있다는 것은 찝찝할 수밖에 없는 부분이었다.

그런 적시운을 천마가 위로했다.

[아무것도 모르다가 당하는 것보단 낫지 않나. 오히려 지금 저

런 놈을 알게 된 것을 다행으로 생각해야 할 걸세.]

"하긴 그렇겠지."

쿠구구구!

적시운은 아래쪽으로 시선을 내렸다.

무너지는 빙하, 그 균열 속으로 리바이어선이 가라앉고 있었다.

동백 연합이 한국 최초로 더블 S급 마수를 사냥하는 데 성공하는 순간이었다.

"뭐, 우리도 멍청히 당하기만 하지는 않을 거고."

"수고하셨습니다."

황성으로 귀환한 펠드로스가 말했다. 아킬레스는 그때까지도 멍하니 있다가 뒤늦게 움찔했다.

"좀 놀라셨나 보군요, 아킬레스 님."

"자네는 대체…… 정체가 뭔가?"

펠드로스는 말없이 웃기만 했다.

그 미소가 어딘지 모르게 비인간적이라고 아킬레스는 생각했다.

"조금 전의 일, 아몬과 드라칸에게도 말할 생각인가?"

"글쎄요. 그리 좋은 생각 같지는 않군요. 아무래도 이건 아킬레스 님과 저, 둘만의 비밀로 간직하는 편이 낫겠습니다."

여유를 되찾은 펠드로스가 윙크해 보였다.

"협력해 주시겠지요?"

"달리…… 선택권이 없지 않나."

"그건 좀 섭섭한 말씀이군요. 저와 아킬레스 님은 동격의 존재. 저로선 폐하의 명령 없이는 아킬레스 님에게 무언가를 강제할 수가 없습니다."

"애초에 그렇게 말할 수 있는 것은 실제로는 내가 자네보다 약하기 때문이지. 그렇지 않은가?"

바로 정곡을 찌르는 아킬레스의 반문에 펠드로스는 그저 싱긋 웃을 뿐이었다.

"예. 뭐, 그렇긴 하지요."

일말의 주저도 없는 대답에 아킬레스는 쓴웃음을 지었다.

"처음부터 펜타그레이드라는 집단은 그저 구색 맞추기에 지나지 않았던 것이군."

"그렇게 자기비하를 하실 필요는 없습니다. 저와 폐하를 제외한다면 여러분은 여전히 제국 최강의 존재들이니까요."

"한때는 그 사실을 다시없는 영광이자 의무로 생각했던 적도 있었지."

"지금도 다를 것은 아무것도 없습니다. 폐하를 향한 아킬레스 님의 충심은 제가 두 눈으로 똑똑히 확인했으니까요."

"이 얘기는 그만하지. 그럼 이제부터 어떻게 할 생각인가? 다시 회의를 재개할 것인가, 아니면 다른 일을 먼저?"

"흠, 글쎄요. 일단은 폐하부터 알현하는 게 낫겠군요. 동일본 쪽 작전의 실패에 대해서 우선 알려야 할 테니."

"그렇다면 먼저 치료해야겠군."

"예?"

주르륵.

따스한 액체가 펠드로스의 턱을 타고 흘렀다. 아롱진 방울방울이 상의 위로 떨어져선 흰색 옷감을 붉게 물들였다.

약간의 코피, 그저 코 안의 모세혈관이 파열되어서 몇 방울이 새어 나온 것에 지나지 않았다.

하지만 그 사실을 자각한 펠드로스는 딱딱하게 굳었다.

"……."

아킬레스는 의문과 놀람이 섞인 눈으로 펠드로스를 보았다.

'적시운을 인정하는 것 같더니…… 고작 저 정도 상처에 충격을 받은 것인가?'

뿌득.

펠드로스가 이를 악물었다. 앞서 적시운에게 보였던 귀기가 두 눈동자에 선명히 어렸다.

"오늘 일은 절대 그 누구에게도 발설하지 마십시오. 알겠습니까?"

"그러지……."

제59장
끝의 시작

1

센다이 마엘스트롬 전투가 종결되었다.

차원 게이트는 소멸했으며 수년 동안 맴돌던 소용돌이도 사라졌다.

동백 연합은 대량의 해양 마수들과 두 마리의 대재앙급 마수를 처치하는 동안 경미한 피해만 입었다.

그야말로 대승이라 할 수 있었다.

뒷수습이 빠르게 이어졌다.

임성욱은 잠수정과 잠수부들을 풀어 가라앉은 리바이어선의 위치를 확인했다.

그러는 사이 부산에서는 여러 척의 인양선을 파견했다.

리바이어선의 사체 곳곳에 크레인과 연결된 와이어가 고정되었다.

작업을 보조할 염동술사들만 남고 나머지 전투원은 부산으로 복귀했다.

"리바이어선의 사체는 다방면으로 활용될 겁니다. 비늘과 갑골은 병기 제작에 쓰일 테고 혈액은 실험에 쓰일 테죠. 살점은 일단 검사부터 해 봐야겠지만, 허가가 난다면 식용으로 쓸 수도 있을 겁니다."

"먹을 수 있다는 건가요?"

차수정의 질문에 임성욱이 웃었다.

"예, 아마 내다 팔면 비싸게 팔릴 겁니다. 보신은 한국인의 기본 소양이니까요."

"하긴, 몸에 좋다면 뭐든 먹을 사람들이니."

"하하, 예. 뭐, 다 잘 먹고 잘살자고 하는 일 아니겠습니까? 어쨌든 마지막으로 코어의 경우에는……."

임성욱이 말끝을 흐리며 적시운의 눈치를 봤다.

그 의미를 깨달은 적시운이 딱 잘라 말했다.

"리바이어선을 사냥한 건 동백 연합이지 내가 아냐. 그러니 그 처분도 전적으로 당신들에게 달렸지."

"괜찮겠습니까? 적시운 님도 코어가 필요하실 듯한데."

"부정하진 않겠지만 죄다 쓸어 담아야 할 만큼 절실한 것도 아냐. 이미 적지 않게 있기도 하고."

"아."

차수정이 탄성을 뱉었다.

"이차원의 세계…… 그곳의 마수들에게서 획득하셨군요."

"응, 싸우는 동안 일일이 줍느라 허리 휘는 줄 알았어."

[엄살은, 그 염동력인지 뭔지 하는 걸로 잘만 쓸어 담았잖은가.]

적시운은 천마의 말을 한 귀로 흘렸다.

"거기에 크라켄을 해치우고 얻은 코어도 있고. 그런 마당에 이것까지 먹으려 들면 날강도지."

"그렇게 말씀하신다면, 알겠습니다."

적시운은 나머지 뒤처리도 임성욱에게 일임했다.

어차피 지금부터는 전투력이나 전략보다는 장사 수완과 협상력의 영역이었기에 적시운과는 거리가 멀기도 했다.

밀리아와 문수아는 신서울 쪽 전투가 마무리된 후에야 도착했다.

"우리 몫은 남겨뒀어야지! 너희끼리만 재미 볼 거 다 본 거야, 헨리에타?"

"골수 속까지 싸움만 들었나 보네."

칭얼거리는 밀리아와 비아냥거리는 문수아.

물과 기름 같은 두 사람이 서로를 노려봤다.

"지금 사람을 뭘로 보는 거야?"

"멍청한 전쟁광."

"너 좀 맞아볼래?"

"그 굼뜬 몸뚱이로 누굴 때리겠다고?"

"뭐가 어째?"

적시운은 두 사람의 마혈과 아혈을 짚었다.

졸지에 널브러진 두 사람이 억울하다는 듯 버둥거렸다.

그것을 본 차수정이 이마를 짚고서 한숨을 내쉬었다.

"데몬 오더와 주작전을 통합한 건 실수였을지도 모르겠어요."

"저 두 사람만 그래요. 다른 분들은 모두 사이좋게 지내고 있답니다."

아티샤가 웃으며 말했다.

두 사람은 태평하게 웃는 그녀에게도 원망의 시선을 보냈다.

고개를 설레설레 저은 적시운이 차수정에게 말했다.

"애들 수습해서 신서울로 복귀하도록 해. 혈 짚어둔 건 한나절쯤 지나면 풀릴 테니 내버려 두고."

"선배는요?"

"집에 가서 좀 쉬련다. 사실 내가 애들 보모 노릇 할 짬밥은 아니잖아."

뭐라 말하려던 차수정이 그냥 미소만 지었다.

"푹 쉬세요, 선배. 자잘한 일은 저한테 맡기시고요."

"그래, 누가 나 어디 있나 묻걸랑 죽었다고 해."

"아무도 믿지 않을 테지만, 말은 해볼게요."

대강 손을 흔든 적시운이 부산을 떠났다.

차수정은 헨리에타로 하여금 데몬 오더를 이끌고 신서울로 복귀하게끔 했다.

"수정 씨는 어쩌려고요?"

"저도 자잘한 것들만 처리하고 뒤따라갈 거예요."

"아직 처리할 만한 일이 남았나요?"

"물론이죠. 일본 정부와 대화할 것도 있고 리바이어선 토벌에 대한 배당금도 받아야 하고요."

"하지만 리바이어선 건은 적시운이……."

"선배는 참여하지 않았어도 우리는 했잖아요? 선배와 별개로 우리 몫을 챙겨야죠."

"의외로…… 철두철미한 성격이군요."

"우리 밥그릇은 우리 스스로 챙겨야죠."

차수정이 딱 잘라 말했다. 날렵한 스타일의 안경을 썼다면 적격일 법한 모습이었다.

"그럼 먼저 가 있을게요. 건투를 빌죠."

"고마워요. 이번 전투, 수고하셨습니다."

헨리에타를 포함한 모든 인원이 간단히 식사를 마치고서 신서울로 복귀했다.

차수정은 먼저 임성욱과 담판을 지어 리바이어선 토벌에 대한 배분을 마무리 짓기로 했다. 협상 테이블에 앉은 두 사람은 거두절미하고 본론으로 들어갔다.

"10퍼센트 떼어드리죠."

"30퍼센트."

"그건 너무 많습니다. 전투원뿐만 아니라 비행선을 비롯한 지원 요소까지 저희가 모조리 분담했잖습니까."

"토벌대 측에 유리한 전장을 제공한 점, 토벌 대상에게 집중할 수 있게끔 기타 마수들을 처리한 점, 거기에 전력 이탈한 임성욱 의원장님의 대체까지."

차수정은 도도한 태도로 말을 이었다.

"그 모든 걸 감안하면 30퍼센트도 적어요."

"애초에 이 전투는 저희가 지원 요청을 받아 참전한 거잖습니까. 그걸 감안하셔야지요."

"이미 했어요. 그 덕에 여러분이 평생 못 잡아볼 더블 S급 마수를 잡게 됐다는 점도요."

은근히 자존심까지 살살 긁는 언변, 실로 공격적인 협상 태도에 임성욱은 쓴웃음을 흘렸다.

"그러면 우리 탱커들이 여러분을 지켜드린 점도 감안해야지요."

"했어요."

"토벌에 소모된 병기와 물자들이 적지 않습니다. 물론 이미 감안했다고 말씀하실 테지만, 저희가 계산한 것과는 사뭇 다른 수치일 겁니다."

"그래서 얼마를 원하시는……?"

"20퍼센트……."

"35퍼센트."

"왜 더 늘어났습니까?"

"생각해 보니 임성욱 의원장님을 치료해 드린 것도 저희죠. 목숨을 빚지셨는데 5퍼센트 추가는 애교죠."

한 방 먹은 임성욱이 침음을 흘렸다.

"원래 이런 성격이셨습니까?"

"이런 쪽으로는 시운 선배가 무르니까 제가 나서는 수밖에요."

"연모하는 선배를 위해 열심히 하겠다, 뭐 그런 거군요."

"40…… 퍼센트."

"……!"

그 뒤로도 이어진 지난한 격론 끝에 결국 차수정이 처음에 제시했던 30%에서 합의를 보았다.

"공정하고 합법적인 절차에 따라 가격을 매긴 후에 길드 공용 계좌로 이체하겠습니다. 원하신다면 명세서까지 첨부해서요."

"감사합니다, 의원장님."

차수정이 빙긋 웃으며 자리에서 일어섰다.

정신적으로나 육체적으로나 탈진 상태가 되어버린 임성욱이 끙 하고 앓는 소리를 냈다.

"수정 양이 계시는 동안엔 데몬 오더가 파산할 일은 없겠군요."

"그건 모르는 일이죠. 워낙 군식구가 많아서. 시운 선배도 돈 문제로는 그다지 야무지지 못하고요."

"하하. 거의 모든 대화의 내용이 적시운 님 얘기로 끝나는군요."

"……."

"죄송합니다."

졸지에 사과하게 된 임성욱이 멋쩍은 표정을 지었다.

동백 연합과의 합의를 끝마치고 난 후의 저녁, 이번엔 은여월이 차수정의 방을 찾아왔다.

"적시운 님은 이미 떠나셨다고 들었어요. 실무 책임자가 차수정 씨라는 얘기도요."

"네, 할 말씀이 있다면 전해 드리죠."

"우선은 일본 정부와 국민들을 대표하여 감사 말씀을 드리고 싶습니다. 여러분 덕분에 이 나라와 아시아가 큰 시름을 덜게 되었어요."

'평화가 그리 길지는 않겠지만요.'

속으로만 중얼거린 차수정이 미소 띤 얼굴로 대답했다.

"시운 선배에게도 그렇게 전해 드릴게요."

"혹 길드 차원에서 우리 정부에 바라시는 게 있는지 알 수 있을까요? 단순한 사례금은 필요치 않으실 것 같은데요."

"시운 선배에게 여쭤본 후에 답변을 드리죠. 더 하실 말씀이 있으신가요?"

"공식적으로는 없습니다."

"사적으로는 있다는 말씀처럼 들리네요."

고개를 끄덕인 은여월의 얼굴이 어두워졌다.

"이건 그저 시작에 불과하겠죠?"

"……."

"저도 어렴풋하게나마 보았습니다. 임성욱 의원장을 배후에서 기습한 자들을요."

"그랬군요."

"금발의 남성과 창백한 피부의 사내였죠. 저로서는 능력을 가늠하는 것조차 불가능할 정도의……."

은여월 또한 A랭크 이능력자, 그런 그녀가 가늠하지 못할 정도라는 건 보통 일이 아니었다.

"아마 그들이 이번 일의 배후일 테죠. 어쩌면 센다이 사태까지 포함해서요."

"추측하시는 게 아마 맞을 거예요."

차수정은 솔직히 대답했다. 어차피 이제 와서 부정할 필요도 없는 사안이었다.

은여월의 얼굴 위로 희미한 고통이 드러났다.

"저는 그때 부모님을 잃었어요."

"……."

"복수를 위해 평생을 살아왔죠. 제 능력이 여러분에게 누가 될 정도라고는 생각하지 않습니다."

"그게 무슨 뜻이죠?"

"이번 건을 마무리하는 대로 사표를 낼 생각이에요."

은여월은 고개를 들어 차수정과 시선을 맞췄다.

"길드에 공석이 남아 있는지 알 수 있을까요?"

"A랭크 염동술사라면…… 언제나 환영이죠."

차수정의 대답에 은여월의 표정이 밝아졌다.

"감사합니다. 최선을 다해 여러분에게 협력하겠어요."

"어, 음. 그래요. 잘 부탁해요."

자기도 모르게 떨떠름해지는 말투에 차수정 스스로도 놀랐다.

'설마, 설마 아닐 거야.'

"저, 그런데 말이죠……."

은여월의 말에 차수정은 흠칫했다.

"네?"

"혹시 적시운 님이 좋아하시는 게 따로 있나요?"

"그건 왜요?"

저절로 날카로워지는 말투.

이번에는 차수정도 놀라고 은여월도 놀랐다.

"저기, 제가 무슨 실수라도……?"

"아뇨, 아무것도 아니에요."

차수정은 붉어진 얼굴을 수습하지 못한 채 손을 내저었다.

[왜 이리 서두르는가? 아, 알겠군. 얼른 돌아가서 내단을 복용하려는 게지?]

"아냐."

[그런가? 그럼 정말 피곤했던 모양이군. 가서 쉬려고 이렇게나 서두르다니.]

적시운은 눈살을 찌푸렸다.

"아까 그자를 죽였어야 했던 건지도 몰라."

[그 허여멀건 애송이 말이로군. 하긴 본좌도 그놈 목구멍에 주

먹을 틀어박고 싶었네.]

"그놈 얘기를 하는 게 아냐."

[흠?]

아킬레스 프레스터, 그를 죽였어야 했다. 적시운은 마음을 독하게 먹지 못한 자신을 질책했다.

"펠드로스라는 놈과는 언제든 결착을 낼 수 있어. 놈의 움직임에 대응하는 것도 가능하고. 하지만 아킬레스는 달라."

현존 최고의 텔레포터.

초음속의 영역에 들어선 적시운조차 따라잡을 수 없는, 아마도 유일한 존재였다.

그는 언제든 지구 끝에서 반대편 끝까지 이동하는 게 가능하다. 다시 말해, 그가 있는 한은 적시운의 움직임도 제약을 받을 수밖에 없었다.

[확실히…… 그건 그렇군. 만약 자네가 대양을 넘어갔을 때.]

아킬레스가 텔레포트를 통해 한국으로 이동한다면 최악의 상황이 벌어질 것이다.

2

[뭔가 대책이 필요하긴 하겠군. 자네 가족들을 지키려면 말이야.]

"그게 문제야."

적시운은 미간을 찡그렸다.

"이능력이 먹히지 않는 특수 벙커라도 만들어서 대피시켜야 하나."

[그런 게 있기는 한가?]

"글쎄……."

[있다손 치더라도, 과연 완벽하게 안전할지도 의문이네만.]

"동감이야."

여러 개의 의문이 뇌리를 스쳤다.

"놈들도 쉽게 나를 엿 먹일 방법이 있다는 것을 알 텐데, 왜 시도조차 하지 않은 거지?"

[떠올리지 못했을 수도 있지. 혹은 자네 가족들이 정확히 누군지 모른다거나. 혹은…….]

잠시 뜸을 들인 천마가 말을 이었다.

[이미 수를 썼을지도 모르지. 자네만 모를 뿐이고.]

"……."

적시운은 속도를 한층 높였다. 굳이 천마의 말 때문이 아니더라도 불안감을 가눌 길이 없었다.

전력으로 시우보를 펼치니 과천 특구가 금방이었다.

삽시간에 부산에서 경기도까지 올라온 셈이었다. 그럼에도 땀 한 방울 흘리지 않았다는 사실에 새삼 쓴웃음이 나왔다.

적시운은 집에 도착하여 가족과 재회했다. 적세연은 물론

이고 문하영과 적수린도 크게 달라진 게 없는 모습이었다.

"별일은 없었죠?"

"집에 무슨 별일이 있겠니? 우리 걱정은 너무 하지 마."

핀잔 섞인 적수린의 말.

문하영의 표정에도 아들에 대한 염려가 가득했다.

"권 의원님과 김 부장님께서 신경 써 주시는 덕택에 우리는 잘 지내고 있단다. 그보다 시운이 너는 어떠니, 밥은 잘 먹고 다니는 거지?"

"저야 뭐……."

"우리 일단 식사부터 해요."

적세연의 말에 네 식구가 오랜만에 식탁 앞에 모였다.

어느새 성견보다도 거대해진 비상식량이 떡하니 식탁 옆에 몸을 붙였다. 몸을 쪼그렸는데도 머리가 식탁 위로 튀어나올 정도였다.

적시운은 살짝 기가 막힌 심정이 되었다.

"못 본 새에 너무 커 버렸는걸."

"그치? 요 두어 달 사이에 쑥쑥 커 버렸어."

적세연이 웃으며 대꾸했다.

자기 얘기를 한다는 걸 아는지 비상식량이 귀를 종긋 세웠다.

"이 녀석은 대체 얼마나 먹어댄 거야?"

"안 그래도 요즘 다이어트 시키고 있어."

고급 쇠고기를 프라이팬에 올린 적수린이 대꾸했다.

향긋한 육질의 냄새가 풍기자 비상식량이 혀를 내밀고서 침을 흘렸다.

"너한텐 안 줄 거니까 저리 가 있어."

크르르르.

적세연에게 가볍게 으르렁거리는 비상식량, 하지만 그녀가 잇새로 쉿 하는 소리를 내자 고개를 숙였다.

"어째…… 너는 잘 따르나 보네."

"응. 식탐이 센 것만 빼면 착한 애야, 말도 잘 듣고."

"그래?"

"응. 한번 볼래, 오빠?"

적세연이 엎드리라고 말하니 비상식량이 넙죽 엎어졌다. 그녀가 손을 내밀자 비상식량이 앞발을 올렸다. 뒹굴라고 말하니 바닥에 몸을 비벼대기 시작했다.

"그건 안 하는 게 좋겠구나, 세연아. 털이 너무 날리는구나."

"그러게요, 엄마."

적세연이 명령하자 비상식량이 다시 몸을 웅크리고서는 똘망똘망한 눈길을 보냈다.

"안 돼. 그래도 먹을 건 안 줄 거야."

그르르르.

“안 된다고 했지?”

끼이잉.

덩치에 맞지 않게 끙끙거리는 비상식량을 보며 작게 한숨을 쉰 적세연이 고기 몇 점을 그릇에 담아 내려놓았다.

비상식량은 자그만 사기그릇에 코를 박고서 게걸스럽게 고기를 먹어치웠다.

“저 녀석, 변이하거나 그러진 않았지?”

“변이?”

“몸 상태가 이상해진다거나, 밤에 형광색으로 빛난다거나…….”

“응? 아니. 그런 건 한 번도 보지 못했어. 몸집이 나날이 커지는 것 말고는 딱히 변한 것 같지도 않고.”

“그래?”

다행히도 커럽티드 울프로의 변이는 일어나지 않은 모양이었다. 거대한 몸집이야 다이어 울프의 특성이니 이상할 것도 없었다.

순식간에 고기를 쓸어버린 비상식량이 다시 고개를 들고는 멀뚱멀뚱 쳐다봤다.

녀석을 응시하던 적시운이 손바닥을 내밀어 보였다.

“손.”

“…….”

멀뚱히 손바닥을 쳐다보던 비상식량이 고개를 홱 돌렸다. 자그만 콧소리까지 내는 게 꼭 코웃음을 치는 것 같았다.

"앉아."

비상식량은 늘어지게 하품을 하더니 적세연의 의자 옆으로 가서는 몸을 기댔다.

빙긋 웃은 적세연이 녀석의 목덜미를 쓸어주었다.

"오빠가 하도 집에 안 오니까 이 녀석도 심통이 났나 봐."

"자주 왔더라도 저 모양이었을걸."

나직이 투덜거리는 적시운이었다. 그래도 기분이 영 나쁘진 않았다.

얼마 만에 이런 편안한 기분을 느껴 보는 건가 하는 생각이 들었다.

'좋구나.'

그간의 긴장이 거짓말처럼 풀어지는 기분에 북미 제국의 일은 잠시 잊어도 되지 않을까 싶을 정도였다.

물론 정말 그래서는 안 될 일일 테지만.

[대피시키겠다는 얘기는 꺼내지도 못하겠구먼.]

'그러게.'

만전을 기할 필요는 있었다. 하지만 벌써부터 가족들에게 괜한 걱정을 끼치고 싶진 않았다.

'최소한 오늘만큼은…….'

식사를 마친 적시운은 가족들과 일상을 함께 했다.

실로 오랜만의 재회였지만 딱히 특별한 일을 함께하진 않았다.

그저 둘러앉아 평범한 대화를 나누거나 시시콜콜한 우스갯소리를 건네며 시간을 보냈을 뿐이다. 그러한 평범함이야말로 평범하기에 특별한 것이었다.

해가 지고 난 저녁.

적세연이 목줄을 내밀어 보였다.

"같이 산책하자, 오빠."

"저 녀석도?"

"원래는 나랑 식량이랑 둘이서 가는 거야. 오늘은 특별히 오빠도 끼워 주는 거고."

"영광인걸."

피식 웃은 적시운은 동생과 함께 밖으로 향했다. 과천 특구의 저녁 무렵 풍경은 신서울과는 상당히 달랐다.

무엇보다도 지상 도시인만큼 인공적인 조명이 아닌 진짜 노을을 볼 수 있다는 점이 큰 차이점이었다.

"그거 기억나? 예전에 오빠랑 나랑 몰래 도시 밖으로 나왔었잖아."

"그랬었지."

적시운은 타오르는 노을을 응시하며 말했다.

"한시도 잊어 본 적 없어."

시간은 옛 기억을 바래지게 만든다.

무자비한 망각의 철퇴를 피하고서 마지막까지 살아남는 것은 오직 감각적인 이미지뿐이다. 강렬한 이미지일수록 사람의 뇌리에 오래도록 살아남게 된다.

적시운에게 있어선 그날의 노을이 그러했다.

신서울 지하도시의 바로 위, 과거 대전이라 불렸던 도시의 폐허의 무너진 스타디움에서 적세연과 함께 보았던 노을을, 적시운은 결코 잊을 수가 없었다.

"또다시 한동안은 집에 들어오지 않을 거지?"

갑작스럽게 정곡을 찌르는 여동생의 질문에 적시운은 잠시 주저했다.

"그게……."

"말하지 않아도 알아. 오빠의 눈빛만 봐도 알 수 있거든."

정말이냐고 물으려던 적시운은 쓴웃음을 지었다.

"그건 좀 오버 같은데."

"나도 그렇게 생각해. 음, 그래도 내 추측이 틀리진 않았지?"

"그래. 아직 하나 더 해결해야 할 일이 남았어."

"중국과 싸웠던 것보다도 큰일이야?"

"응."

적시운은 솔직하게 대답했다. 이런 일을 굳이 거짓말로 얼버무리고 싶지는 않았다.

"내가 집으로 돌아오기 전에 있었던 곳. 그곳에서 마무리 짓지 못한 일이 남아 있어."

"미국 말이구나?"

"응."

적세연은 고개를 끄덕였다.

"왠지 그럴 것 같았어. 그럼 이번엔 헨리에타 언니네가 집으로 돌아가는 거네?"

"아마도 그렇겠지."

과연 그 집을 포근한 보금자리라고 부를 수 있을지는 의문이지만. 그렇게 생각하니 잠시 잊었던 불안감이 되돌아오는 듯했다.

그래도 동생의 앞인지라 어두운 표정을 지을 순 없었다.

남매는 과천 특구 안의 공원을 거닐었다. 전쟁이 마무리된 도시의 모습은 평화롭기 그지없었다, 앞으로도 이런 광경이 계속될 수 있지 않을까 하는 희망을 품게 될 만큼.

"이것 좀 볼래, 오빠?"

그녀가 비상식량의 목줄을 놓았다.

바로 옆에서 걷던 비상식량이 혀를 날름거리며 살짝 물러났다.

인적이 사라진 공터.

적세연은 그곳에서 힘껏 진각을 밟았다.

쿵!

묵직한 소음과 함께 그녀의 주변으로 먼지구름이 피어났다.

졸지에 먼지 세례를 맞게 된 비상식량이 재채기를 했다.

제법 그럴싸한 기세.

거의 독학만으로 깨우쳤음을 감안한다면 훌륭하다고 할 수 있었다.

"제법인걸. 어느새 그 정도까지 단련했구나."

"운동 대신이란 생각으로 계속 수련해 왔거든. 수아 언니랑 다른 분들의 도움도 받았고."

"수아라면, 문수아?"

"응. 수아 언니랑 주작전 언니들. 오빠가 없는 동안 우리 가족을 호위해 주었거든."

"아."

적시운은 고개를 끄덕였다.

아마도 김무원이 안배를 해둔 듯했다.

"하지만…… 이 정도로는 오빠 곁에서 싸우기엔 턱없이 부족하겠지?"

"그래."

일말의 주저도 없는 대답에 적세연은 시무룩해졌다.

"가차 없구나, 오빠."

"거짓말로 위로해 봤자 도움이 되지 않을 테니까."

"나도 알고는 있었어. 이 정도로는 주작전 분들한테도 상대가 되지 않는데, 오빠의 동료분들에게 빗대는 건 꿈도 못 꿀 일이지."

"세연아."

"그래도 나 하나랑 언니, 엄마를 지키는 것쯤은 할 수 있어."

가슴을 쭉 편 적세연이 적시운을 향해 웃었다.

"그러니까 오빠도 우리 걱정은 너무 하지 마."

"세연아……."

"미국에도 나쁜 놈이 있는 거지? 그러니까 결국 그 녀석만 오빠가 해치우면 모두 해결되는 거잖아?"

"그렇게 간단히 끝날 일은 아냐."

"그래, 물론 복잡하겠지. 으음, 그래도 오빠랑 다른 분들이랑 힘을 합치면 어떻게 되지 않겠어?"

적시운은 피식 웃었다.

"정말 네 말처럼 어떻게든 됐으면 좋겠는데."

"어떻게든 될 거야. 음, 이건 너무 무책임한 말이려나?"

"그렇긴 해도 뭐, 네가 하는 말이니까 괜찮지 않겠어?"

"그건 또 무슨 뜻이야?"

"이미 무슨 뜻인지는 잘 알고 있잖아?"

"나 좀 어린애 취급하지 마."

눈을 흘기며 말하는 적세연의 반응이 귀여웠기에 적시운은 그녀의 머리칼을 쓰다듬어주었다.

"오빠 여동생 내일모레면 서른인 건 알고 있는 거야?"

"어, 그래? 네가 벌써 그렇게 늙었던가?"

"그래! 오빠도 내일모레면 마흔이라고."

"나는 아직 한참인데. 사실 나는 10살을 덜 먹었거든."

"그건…… 또 무슨 말이야?"

적시운이 이차원의 천마와 만나고 돌아올 때까지의 기간은 끽해야 수개월에 불과했다. 하지만 그러는 동안 이쪽 세계에선 10년이 흘러 버렸다.

그 기간까지 더해보면 결국 적시운 홀로 10년 전 모습인 셈이었다. 하지만 일일이 설명하자면 복잡했기에 적시운은 대강 얼버무렸다.

"그런 게 있어."

"흥. 젊어서 좋으시겠어요, 오빠."

"나쁠 거야 없지."

"아, 그래. 우리만 늙었다는 거지? 엄마랑 언니한테도 그대로 전해 줄게."

티격태격하는 남매의 뒤에서 비상식량은 늘어져라 하품을 했다.

그리고 그들의 머리 위.

정확히 700㎞ 떨어진 상공에서 남매를 포착하고 있는 카메라가 있었다.

북미 제국의 군사 위성인 무닌(Munnin)이었다.

3

어두운 방 안.

펠드로스는 어딘가를 향하여 부복하고 있었다.

존경과 충심을 담아 숙인 그의 머리 너머로 보이는 것은 끝을 헤아리기 힘든 어둠뿐.

실내의 한쪽 면의 대부분을 차지하는 모니터 위로 밝은 화면이 투영되고 있음에도, 펠드로스의 너머로는 빛이 미치지 않았다.

화면에 나타나고 있는 것은 남매로 보이는 남성과 여성, 그리고 송아지만 한 크기의 늑대였다.

"우리가 지켜보고 있다고는 생각지도 못하는 모양이군요. 하긴 초인의 영역조차 넘어선 존재라 하더라도 700㎞ 바깥의 존재까지 감지할 수는 없겠지요."

펠드로스의 목소리엔 존경심과 경의가 가득했다.

평소 타인을 대할 때 보이는 거짓 예의와는 차원이 다른 태도였다.

"대화를 들을 수는 없지만 대강은 짐작이 가는군요. 뭐, 남매간의 흔한 대화겠지요. 서로를 걱정하고 염려하는, 어떠한 진취도 없는 무의미한 담화 말입니다."

고요한 방 안에는 펠드로스의 목소리만이 울려 퍼지고 있었다.

그 뒤로 이어지는 것은 끝을 알 수 없는 침묵뿐.

그럼에도 펠드로스는 조금도 답답해하지 않았다.

"제게 명령 한마디만 내려 주십시오. 적시운이 없는 틈을 노려 저 계집과 가족들을 데려오겠나이다. 아킬레스가 있으니 결코 어려운 일이 아닐 것입니다."

"……."

"예? 하지만…… 이것이야말로 놈을 간단히 무력화할 절호의 기회가 아니겠습니까?"

"……."

"죄, 죄송합니다. 건방을 떨고자 한 것은 아니었습니다. 부디 이 미천한 것의 결례를 용서해 주시길."

어둠을 향하여 쩔쩔매는 펠드로스.

아킬레스나 다른 펜타그레이드가 보았다면 기절초풍했을 모습이었다.

잠깐의 시간이 흐른 후.

펠드로스는 안도의 한숨을 내쉬며 고개를 들었다.

"감사합니다, 폐하."

다시금 이어지는 침묵.

"예, 알겠나이다. 지금 당장 아킬레스를 대동하여 놈들의 본거지를 급습하겠습니다."

"……."

"그 계집을 말입니까? 예, 물론입니다. 하면 그년을 제외한 나머지는 모조리 격멸하여도 될는지요?"

"……."

"감사합니다, 폐하. 크나큰 성은에 감사드리며, 목숨을 바쳐 임무를 수행하겠습니다."

펠드로스가 몸을 일으켰다. 깊이 고개를 숙여 보인 그가 몸을 돌려 방을 빠져나갔다.

그 뒤로도 쭉 고요가 이어지는 어둠.

일순 그 안에서 무언가가 반짝였다.

"적시운……."

"그러니까, 아직 아킬레스 님은 소집에서 돌아오지 않으셨다는 거군."

-그렇습니다, 각하.

에메랄드 시타델의 오스카리나는 의자 밖으로 상체를 빼고 선 턱을 괴었다.

"함정이라거나 음모 같은 것은 아니겠지?"

-폐하께서 말입니까? 충성스러운 펜타그레이드에게요? 그럴 가능성은 전무하다고 봅니다. 아킬레스 님의 신념은 둘째 치더라도, 펜타그레이드는 제국의 가장 강력한 무기 중 하나이지 않습니까.

"그 신념은 이미 한 번 흔들린 적이 있잖아, 네이트."

아킬레스 프레스터의 부관, 네이트 브락시온은 불편한 표정을 숨기지 않았다.

-그것이 제국에 대한 그간의 헌신마저 잊게 할 정도라고는 생각하지 않습니다, 백작 각하.

"혹시 그 남자를 원망하고 있어?"

-그 남자라면, 적시운 말입니까?

오스카리나가 고개를 끄덕였다.

잠시 무언가를 생각하던 네이트는 이내 고개를 가로저었다.

-조금도 원망하지 않습니다. 그는 아킬레스 님의 숙원을 이

루어주었으니까요.

"정말로 조금도?"

-물론입니다. 그로 인해 아킬레스 님이 구금당하시기도 했지만, 이미 다 지나간 일이잖습니까.

"지나간 일이긴 하지. 완전히 끝난 일이라고 할 수 있을지는 모르겠지만."

-뭔가 하실 말씀이 있나 보군요.

오스카리나는 주저했다.

-적시운과 관련된 일입니까?

"……어느 정도는."

-제국과 황제 폐하에게 반하는 일이기도 하고요?

"아마도."

네이트의 표정이 딱딱하게 굳었다.

-반역에 대해 말씀하시려는 겁니까?

"그렇다고 한다면 나를 신고할 텐가? 얼른 와서 잡아가라고 말이야."

-…….

네이트의 어색한 침묵에 오스카리나는 힘겨운 미소를 지어 보였다.

"그런 생각을 해 본 적은 없어? 어쩌면 우리가 알고 있던 모든 것이, 사실은 왜곡된 거짓에 불과했을지도 모른다는 그런 생각."

-무슨 의도로 던지시는 질문입니까?

"거두절미하고 말할게, 네이트. 우리가 충성을 바쳐온 대상은 거짓된 영도자일지도 몰라."

네이트가 깊이 숨을 들이켰다.

-알고 있습니까, 오스카리나 백작? 제가 만약 이 대화 내용을 전송하기만 하더라도 백작의 목이 떨어질 것을요.

"잘 알고 있지. 그 누구보다도 말이야. 내 목숨은 이제 당신에게 달린 셈이네. 그렇지?"

-대체…… 그런 말을 하신 연유가 뭡니까?

"이상하다고 생각해 본 적 없어?"

오스카리나가 웃음기를 싹 뺀 얼굴로 말했다.

"황제는 오랜 기간 쇄국령을 유지해 왔지. 그 때문에 아킬레스 님은 구금까지 당했었고. 하지만 그 쇄국령은 얼마 전에 허무하게 소멸했어."

-김은혜 일파에 대한 추격 때문이었지요.

"대체 왜? 대제국에 아무런 영향도 끼칠 수 없는 소수 집단을 왜 그렇게까지 집요하게 잡으려 든 걸까?"

-제가 어찌 알겠습니까? 게다가 설령 그게 황제 폐하의 변덕 때문이더라도, 어찌 거기에 불만을 갖겠습니까?

"그것이 절대자의 뜻이기에?"

-그렇습니다.

"차라리 솔직하게 말하지그래? 폭군이 무서워 죽겠다고 말이야."

네이트가 눈살을 찌푸렸다.

-폐하께서 두려운 분은 맞지만 폭군이라 불려야 할 분은 결코…….

"그가 이 세상에 마수들을 풀어놓았다면? 우리 이전의 세계를 송두리째 망쳐놓은 장본인이라면?"

네이트가 입을 다물었다.

경악과 의혹, 불신과 의심이 뒤섞인 시선이 오스카리나의 얼굴을 이리저리 훑었다.

-대체 무슨 말을 하는 거지, 오스카리나?

"황제가 바로 천마야. 아포칼립틱 데몬 로드, 모든 마수들의 지배자, 우리 세계를 파멸로 몰아넣은 장본인이라고."

-지금 제정신으로 하는 소리야?

얼마나 놀란 것인지 네이트는 자연스럽게 오스카리나에게 반말을 하고 있었다. 그리고 그런 자신을 인지하지 못하는 것 같았다.

"내 정신은 그 어느 때보다도 또렷해, 네이트."

오스카리나는 씁쓸히 웃었다.

"내 동기인 너라면 알 거잖아? 내가 허튼소리를 할 사람이 아니라는 걸."

네이트는 할 말을 잃은 것 같았다.

-…….

"네가 이 대화에 대해 털어놓는다면 난 죽은 목숨이겠지. 아마 에메랄드 시타델 전체가 초토화될지도 몰라. 자고로 본보기는 철저해야 하는 법이니까."

-오스카리나, 너…….

"애석하게도 당장은 네 앞에 증거를 제시할 수 없어. 나를 고발하려거든 해. 하지만 내가 죽은 후에 벌어지는 일을 본다면 너도 내 말을 이해하게 될 거야."

네이트는 얼굴을 와락 구겼다.

-오스카리나!

"그때는 부디 옳은 판단을 하길 바랄게."

-제기랄. 다짜고짜 고발하고서 죽는 꼴이나 구경하라니, 차라리 개자식이라고 날 욕하지 그래?

"그게 싫으면 내 얘기를 더 들어보든가."

-누가…… 백작 아가씨 아니랄까 봐 정말 막 나가는군.

네이트의 푸념에 오스카리나는 빙긋 웃었다.

"네 지성을 신뢰했을 뿐이야."

-네 말을 믿지 않으면 멍청한 거고, 믿으면 똑똑하다는 거야?

"눈앞에 보이는 것을 맹신할 만큼 어리석지는 않다는 거지."

-……좋아. 그러면 네 주장을 뒷받침할 물증을 내놓을 수 있겠어?

"지금 당장은 무리야. 하지만 네가 이쪽으로 올 수만 있다면……."

위이이잉.

모니터가 꺼졌다. 동시에 조명을 비롯한 모든 장치가 한꺼번에 작동을 정지했다.

"……!"

캄캄한 어둠 속에서 오스카리나는 마른침을 삼켰다.

그녀가 거주하는 스트롱홀드에는 내장형 자가발전기가 충분히 갖춰져 있었다. 설령 외부로부터의 전력 공급이 끊기더라도 모든 것이 무리 없이 작동할 수 있도록.

그럼에도 정전되었다는 것은 하나만을 의미했다.

'컨트롤 타워가 완전히 장악당했다는 뜻!'

비상사태였다.

오스카리나는 허벅지를 더듬어 이온 블레이드를 꺼내 들었다.

'대화 내용이 밖으로 샌 걸까?'

그럴 리는 없었다.

둘 사이의 대화는 해킹 방지용 방화벽으로 점철된 특수 채널을 통해 이루어졌다. 제국 최고의 해커가 달려든다고 해도 족히 수십 분은 버틸 수 있었다.

그렇다면 네이트가 고발한 것일까?

그럴 가능성도 크지는 않았다.

그가 오스카리나마저 속여 넘길 정도의 연기력을 지녔다면 또 모를까.

'그게 아니라면 대체……?'

한동안 고민하던 오스카리나는 방 밖으로 향했다. 웅크리고 숨어 있어 봐야 아무 것도 해결될 게 없었기에.

그녀는 어둠에 잠긴 복도를 조심스레 더듬어 갔다. 하지만 그리 오래 걸어갈 필요가 없었다. 복도 끝에서 익숙한 얼굴이 나타난 것이다.

"네버모어?"

그녀가 모르던 진실을 가르쳐 준 사내, 멸망해 버린 미국의 진정한 후예, 그리고 오랫동안 파묻힌 진실을 수호해 온 집단의 일원.

그의 얼굴이 허공에 떠 있었다.

얼굴이 있는 위치에만 빛이 비치고 있었는데, 그마저도 희미한 수준인지라 표정을 확인하기 어려웠다.

"대체 어떻게 여기에……?"

질문을 던지며 다가가려던 오스카리나가 흠칫하여 멈췄다.

네버모어의 얼굴에 핏기가 없었다.

"……!"

자세히 보니 치켜뜬 눈에도 초점이 없었다. 살짝 벌어진 입은 마른 거품을 흘리고 있었고, 헝클어진 머리칼엔 미동조차 없었다.

우우웅!

오스카리나는 이온 블레이드를 작동시켰다.

빛의 칼날이 솟아나면서 네버모어의 형상이 명확해졌다.

허공에 떠 있는 것은 잘려 나간 머리뿐.

그 뒤에는 낯선 사내와 익숙한 사내가 서 있었다.

"아킬레스 님……!"

아킬레스 프레스터는 대꾸하지 않았다.

그저 수많은 감정이 담긴 눈으로 그녀를 바라볼 따름이었다. 그의 얼굴에서 오스카리나는 아킬레스가 미안해하고 있다는 것을 느낄 수 있었다.

그리고 또 한 명의 사내.

네버모어의 수급을 움켜쥐고 있던 펠드로스가 차갑게 웃었다.

"2아웃이로군요, 오스카리나 백작."

"당신은……!"

"하지만 안타깝게도 이건 야구가 아니라서 말이죠. 마지막 기회 따위는 없을 것입니다. 네년에게도, 네년의 도시에도."

"큭!"

"뭐, 그래도 네년의 입장은 그나마 나은 편이지요. 이 버러지와 그 동지들은 내일의 태양조차 보지 못하게 됐거든요."

"설마……?"

"DIA라던가요? 웃기는 놈들이죠. 대적하려는 존재의 힘조차 가늠하지 못하고서 무슨 놈의 반역을 하겠다는 건지, 참 우습다 못해 가련하단 말이에요."

오스카리나는 절박한 심정으로 아킬레스에게 눈짓했다. 그러나 아킬레스는 착잡한 얼굴로 고개를 저을 따름이었다.

"네년은 죽이지 않습니다. 하지만 뻗대고 다니게 둘 생각도 없어요. 얌전히 무기를 버리고 투항하시죠."

"투항…… 하면 어떻게 되지?"

"폐하께서 그분의 의지로써 처분하실 겁니다."

"투항하지 않는다면?"

"하!"

펠드로스가 웃음을 터트렸다.

"그렇게나 궁금하면 지금 바로 확인해 보아라, 버러지 같은 반역자 년아."

4

스트롱홀드에 잠입, 컨트롤 타워를 완전 제압한 후 오스카리나와 독대하기 1시간 전.

펠드로스와 아킬레스는 수도 라자루시안의 황성에 있었다.

"펜타그레이드 회의라도 재개하려는 건가?"

"아뇨. 죄송하지만 부탁 하나만 좀 들어주셔야겠습니다."

"요 며칠 동안 부탁하는 게 많군."

"어쩌다 보니 그렇게 되었군요. 뭐, 이게 다 제국을 위한 일이니 이해해 주시길."

아킬레스의 얼굴 위로 깊은 주름이 졌다.

"폐하께서 명령을 내리셨나?"

"그렇습니다. 명령보다는 임무라는 표현이 맞겠지만요."

"임무의 종류는?"

"반역자들의 격멸입니다."

"반역자라."

아킬레스는 지그시 눈을 감았다, 떴다.

"반역자라는 건 적시운과 그 일행을 뜻하는 건가?"

"그랬으면 좋았겠습니다만, 아쉽게도 아닙니다. 사실 놈들은 내국인이 아니니 반역자란 표현이 어울리지 않기도 하고요."

"하면…… 제국 내에도 모반 세력이 있다는 뜻인가?"

"예, 그리 놀랄 일은 아니지 않습니까?"

펠드로스가 빙긋 웃었다.

언제 보아도 속내를 알기 힘든 미소였다. 아킬레스는 새삼 식은땀이 흐르는 걸 느끼며 주먹을 꾹 쥐었다.

“부탁이라는 건 정확히 뭐지?”

“물론 아킬레스 님의 능력을 빌리는 거지요. 뭐, 너무 염려하실 것은 없습니다. 자잘한 일은 제가 모두 처리할 테니까요.”

“나는 그저 택시 기사 역할만 하면 된다는 건가?”

“그보다는 좀 더 고상한 표현이 어울린다고 봅니다만, 굳이 따지자면 그렇습니다.”

“목적지는?”

“북미 대륙 서북단.”

펠드로스는 담담한 어조로 말했다.

“한때 알래스카(Alaska)라고 불렸던 지역입니다.”

“알래스카라고?”

“알고 계십니까?”

아킬레스는 고개를 끄덕였다.

북위 60에서 70, 경도는 140에서 170.

펠드로스의 말마따나 북미 대륙 서북단에 존재하는 그곳은 사람의 흔적을 찾기 힘든 혹한의 땅이었다.

“한 번 방문해 본 적이 있었지. 물론 폐하께서 쇄국령을 내리시기 이전에.”

"그러셨군요. 뭐, 쇄국령 이후였다고 해도 문제는 안 됐을 겁니다. 그곳은 현재도 공식적으로 제국의 영토이니까요."

"공식적으로는 단 한 명의 국민도 살고 있지 않기도 하지."

이유는 여러 가지가 있을 것이나 가장 큰 것은 두 가지였다.

하나는 위치, 그리고 다른 하나는 기후.

알래스카는 제국 본토로부터 뚝 떨어져 있어 마수들의 공습으로부터 보호하기 어려웠다. 거기에 기후까지 매몰차다 보니 자연히 사람이 살기 어려운 땅이 되었다.

마수가 없던 시절이라면 또 모르되, 죽음의 공포에 혹한의 기후까지 더해진 땅에서 살아갈 용기를 지닌 사람은 많지 않았다.

펠드로스는 그런 알래스카로 향하자고 말하고 있었다. 임무와 결합하면 그 말이 의미하는 바는 분명한 것이었다.

"알래스카에 반역자들이 거주 중이라는 말인가? 하지만 대체 어떻게……?"

"오래된 군사 시설이 있습니다. 제국이 탄생하기 이전에 만들어진 것이지요."

'미합중국'

아킬레스는 입속으로만 중얼거렸다.

"놈들은 그곳을 무단 점거하여 사용하고 있습니다. 참으로 간교하고도 치밀한 놈들이지요."

"자네는 그걸 대체 어떻게 알아낸 거지?"

"제가 알아낸 게 아닙니다."

"하면 폐하께서……?"

"그렇습니다."

아킬레스는 약간 얼떨떨한 기분이 되었다.

"폐하께서는 그것을 어찌 알아내셨단 말인가?"

"이런, 펜타그레이드 제일의 충신인 아킬레스 님께서 그것도 모르십니까?"

펠드로스가 장난스럽게 웃었다.

"그분께선 전지전능하십니다."

"그랬었지……."

"뭐, 얘기는 이쯤 해두지요. 쓸데없이 시간 낭비할 것은 없으니, 제가 알려드리는 좌표로 바로 이동해 주셨으면 합니다."

펠드로스가 PDA 장치를 내밀었다.

경도와 위도, 나아가 고도까지 기록되어 있는 3차원 좌표가 기록된 수치를 힐끔 본 아킬레스가 중얼거렸다.

"지하로군?"

"예, 놈들이 숨어 있는 곳은 지하 방공호입니다."

"그런가……."

"수 겹의 방벽이 겹처져 있어서 정면 돌파를 하려면 시간깨나 걸리게 설계되어 있지요. 하지만 S랭크 텔레포터의 순간 이

동까지 막아낼 정도는 결코 아닙니다."

"단번에 방벽을 지나쳐 들어간다는 거군."

"예, 일일이 꿰뚫고 가는 것도 나름의 묘미는 있겠습니다만, 그래선 쥐새끼 같은 놈들이 달아날지도 모르니까요."

"……알겠네."

잠시 침묵하던 아킬레스가 능력을 발휘했다.

상대는 반역자들, 무조건적으로 증오하기만 할 대상은 아니었으나 동조하고 연민할 대상 역시 아니었다.

그는 황제의 펜타그레이드였기에.

팟!

텔레포트는 삽시간에 이루어졌다.

그들이 나타난 곳은 지휘실로 보이는 실내 한복판.

수많은 모니터와 계기판, 제법 많은 숫자의 사람이 분주히 오가고 있는 장소였다.

"당신들은 누구……?"

앳된 얼굴의 여성이 두 사람을 알아보았다.

노루의 그것을 닮은 큼지막한 눈동자에 실시간으로 경악과 공포가 깃드는 것을, 아킬레스는 똑똑히 보았다.

텅.

한순간이었다.

깔끔하게 잘려 나간 여인의 머리가 핏물을 뿌리며 바닥을 구른 것은.

"꺄아아악!"

조금은 뒤늦은 비명 소리.

또 다른 여성이 동료의 참수를 목격하고는 토해낸 괴성이었다.

하지만 그것도 그리 길게 이어지지 않았다.

두 번째 여성은 아예 머리가 통째로 터져 나갔다.

후두두둑!

떨어져 내리는 핏물과 파편들.

펠드로스는 손가락을 까닥거리며 웃었다.

"뒈질 시간이다, 빌어먹을 미국의 잔당들아."

"펜타그레이드!"

"습격이다, 적습! 적이 본부 한복판에 나타났다!"

비상 경보음이 요란하게 울렸다.

그러는 사이 펠드로스는 오케스트라의 지휘자처럼 두 손을 저었다. 더블 S랭크의 염동력이 그의 손아귀를 따라 연주되었다.

카가가가각!

무음의 교향곡은 지휘실 내부를 파멸과 혼돈의 도가니로 몰아넣었다.

보이지 않는 기운은 인간과 기계 장치의 구분 없이 모든 것을 부수고 찢고 가르고 뭉개 버렸다. 핏물과 기름, 살점 덩어리와 금속 파편들이 한데 뒤섞이고 이지러지며 사방을 수놓았다.

사람들의 비명과 기계의 폭발음이 절정의 불협화음을 만들어냈다.

그 파멸의 한가운데에서 펠드로스는 웃었다.

"하하하하하!"

"이런 개새끼!"

"황제의 번견!"

뒤늦게 달려온 전투원들이 펠드로스에게 덤벼들었다.

소형 기간틱 아머에 탑승한 조종사들, 이능력자들, 제국을 배신하고 전향한 강화 인간들, 아무 능력도 지니지 못한 일반 병사들까지 모두가 합심하여 펠드로스를 공격해 들어갔고, 그 모두가 예외 없이 찢어발겨져 흩어졌다.

"끄아아악!"

"커헉!"

비명이라도 지를 수 있는 이들은 그나마 나은 편이었다. 대다수는 고통을 표출하지도 못한 채 찢어발겨지거나 몸이 통째로 뭉개졌다.

이곳을 지키기 위해 긴 시간을 단련했을 이들이, 펠드로스의 간단한 손짓에 허무하게 죽어 나갔다.

콰과과과과!

펠드로스가 대강 휘두른 손짓을 따라 거대한 상흔이 벽면을 찢어발겼다. 찢겨지는 합금 벽이 불길을 쏟아내고, 튀어나온 파편들이 사람들을 덮쳤다.

척 봐도 상당한 방어 장치와 병력이 마련된 곳이, 단 한 명의 인간에 의해 순식간에 무너지고 있었다.

"펠드로스으으으으!"

아킬레스는 순간 자신의 목젖을 더듬었다. 자기도 모르게 그를 향해 소리친 게 아닐까 싶었기 때문이다.

하지만 처절한 외침은 음색부터가 아킬레스의 것과 달랐다.

파괴를 잠시 멈춘 펠드로스가 고개를 돌렸다. 걸레짝이 다 된 사내가 헐떡이며 그를 노려보고 있었다.

"날 불렀나, 반역 도당의 버러지?"

"어째서, 너희는 대체 왜 이런 짓을……!"

"너희가 제국에 반하였기 때문이지. DIA라고 하던가? 네놈들의 작당과 음모는 이미 오래전부터 감지되고 있었다."

"북미 제국은 미합중국의 시체를 양분 삼아 탄생했다. 우리는 죽어버린 옛 공화국을 마지막까지 기리는 이들이고!"

"한마디로 제국에 반기를 드는 도당들이라는 거지. 안 그래?"

"그 제국이란 것은 시작부터가 잘못된 국가였다. 황제는 인류를 구원한 위대한 구세주가 아니라, 이 세계에 파멸과 죽음을 가져온 마신, 아포칼립틱 데몬 로드였다!"

아킬레스는 가슴이 철렁했다.

사내의 처절한 외침에는 물증 하나 없이도 사람의 마음을 흔들 만큼의 진심이 담겨 있었다. 그러나 그러한 절규 앞에서도 펠드로스는 그저 웃을 따름이었다.

"네놈, 이름은?"

"네버모어……."

"좋아, 네버모어. 제법 절절하고도 훌륭한 연설이었어. 아카데미나 뭐 그런 시상식이 남아 있었다면 노력상이라도 주지 않았을까 싶을 정도였어."

비아냥거리고 있다. 철저히 냉소로써 일관하고 있다.

네버모어는 자신이 무슨 말을 지껄이든 놈이 개의치 않으리라는 것을 깨달았다.

"네놈은 정녕…… 황제에게만 꼬리를 흔드는 암캐로군."

"네놈은 자기 분수도 모르고서 짖어대는 잡종견이고 말이지."

펠드로스가 손을 뻗었다. 네버모어는 숨이 턱 막히는 것을 느끼며 두 눈을 부릅떴다.

"끄……!"

"사실 네놈들을 그대로 내버려 두더라도 상관은 없었어. 네놈들이 암만 별짓거릴 다 해도 우리 제국에는 먼지만큼의 영향도 끼치지 못할 테니까."

"크윽. 크, 끄으으윽!"

"하지만 만약의 경우라는 게 있더라고. 저쪽 동네에서 말이야. 쥐뿔도 아닌 천마신교의 잡졸들을 내버려 두었던 천무맹이 거하게 한 방 얻어맞는 일이 생겼거든."

아킬레스로서는 알아듣기 힘든 얘기였다. 하지만 네버모어는 무슨 얘기인지 아는 눈치였다.

"그래서…… 황제는 우리를 제거하기로 결심했다는 말이냐."

"그래, 물론 폐하께서 너희 따위에게 당할 리야 없겠지만 말이지. 그래도 세상일은 모르는 거거든."

울컥. 울컥.

네버모어의 입에서 핏물이 펌프질하듯 역류했다. 하지만 그는 초인적인 정신력으로 버티며 펠드로스를 비웃었다.

"황제는…… 적시운을 두려워하고 있군."

퍼엉!

네버모어의 팔다리가 돌연 터져 나갔다, 마치 내부에서 폭약이 격발된 것처럼.

"끄아아아악!"

"그 아가리를 함부로 놀리지 않는 게 좋아. 폐하께선 그 누구도 두려워하지 않으시거든."

"끄…… 으으으!"

네버모어가 온몸을 바르르 떨었다.

임계점을 넘어선 격통에 쇼크 상태가 온 듯 핏물 가득한 입에 게거품이 맺혔다.

그런 가운데에서도 그는 초인적인 정신력으로 혀를 움직였다.

"황제는…… 적시운의 손에 뒈질 것이다. 가장 처절하고도…… 비참한 형태로."

"아, 그것참."

우드득!

네버모어의 몸이 기괴하게 비틀렸다. 쥐어짠 빨랫감처럼 상체가 앞뒤로 뒤틀린 형태.

끈질기게 유지되던 숨이 단번에 끊어져 버렸다.

"이런 망할! 좀 더 고통을 줬어야 하는 건데."

펠드로스가 아쉬움 가득한 얼굴로 혀를 찼다. 아킬레스는 할 말을 잃은 채 그 모습을 바라볼 따름이었다.

"뭐, 어차피 죽을 놈이긴 했지요. 우리 측 정보에 따르면 이 놈은 국내의 귀족 중 하나와 접촉했었습니다. 이곳을 정리한 다음엔 그 귀족을 찾아갈 생각입니다."

"그 귀족은 대체…… 누구인가?"

아킬레스의 질문에 펠드로스는 어린아이처럼 해맑게 웃었다.

"아킬레스 님도 잘 아는 사람이지요."

에메랄드 시타델의 영주, 오스카리나 백작이 구금되었다.

죄목은 반역.

그녀에 대한 처분은 전적으로 황제의 뜻에 달리게 되었다.

그 소식과 함께 북미 제국 각지에 황제의 칙령이 선포되었다.

전쟁을 개시한다는 내용이었다.

5

센다이 마엘스트롬 전투의 뒷정리가 끝난 후, 신서울 지하 도시에서 대규모의 수뇌부 회의가 열렸다.

참석자만 수십 명, 동백 연합과 데몬 오더, 구 천마신교와 천무맹의 주요 인물이 모두 한자리에 모였다.

그렇다 보니 분위기가 화목할 리는 없었다.

"오랜만이네요, 백호전주님. 몸은 좀 괜찮으신가 모르겠군요."

포문을 연 사람은 문수아였다.

현 천무맹의 지도자, 창궁검왕 남궁혁은 무감정한 눈으로 그녀를 힐끔거렸다.

"미안하지만 누군지 모르겠군."

"주작전…… 소속 무사 문수아다. 당신들에게 토사구팽당한 요태희 님을 모셨었지."

"그랬던가? 이런 자리에까지 참석하다니 출세했군."

"뭐가 어째?"

도발하려던 문수아가 도리어 울컥했다. 내버려 두면 은사를 뽑아 휘두를 법한 일촉즉발의 상황에 엘레노아가 그런 그녀를 만류했다.

"그만하세요, 문수아 님. 지금 우리끼리 싸울 때가 아닙니다."

"너와 천마신교 사람들은 아무렇지도 않은 거야? 저 개자식들이야말로 모든 일의 원흉이야. 천무맹 때문에 너무나 많은 사람이 상처를 입었어."

"저분도 그 상처받은 사람 중 한 명이에요. 악한 것은 무백이었지 저 사람이 아니잖아요?"

"저놈도 똑같아! 저놈의 혈관에도 무백 그 개자식의 피가 흐르고 있다고!"

"그만해, 문수아."

차수정이 문수아의 등 뒤에서 어깨를 짚었다.

"남궁혁은 무백과의 전투에서 치명상을 입었어. 천무맹도 이제는 간판만 남아 있을 뿐 유명무실하고. 그 정도면 충분하지 않겠어? 저들에게 있어선 살아남은 것 자체가 고통이야."

"……."

문수아는 씩씩거리며 남궁혁을 노려봤다.

남궁혁은 피로감 가득한 얼굴로 그녀의 시선을 받았다.

"문수아 님도 느낄 수 있으시겠죠."

엘레노아가 조심스럽게 입을 열었다.

"저 사람의…… 무인으로서의 삶은 사실상 끝났다는 것을요."

문수아는 대꾸하지 않았다. 엘레노아의 말이 사실이란 것을 알고 있기 때문이었다.

남궁혁은 무백과의 전투에서 치명상을 입었다. 간신히 목숨을 보전하긴 했으나 단전을 비롯해 체내의 주요 기혈과 맥락이 모조리 손상되고 말았다.

앞으로 더 이상은 무공을 펼치는 것은 불가능하다고 볼 수 있다. 환골탈태라도 할 수 있다면 모르겠으나, 그것이 말처럼 쉬운 일은 결코 아니었다.

"게다가 저분은 중화당 정부의 방패막이 역할로써 여기에 온 거예요. 한국 측의 비난과 지탄을 자기들 대신 받으라는 의도로요."

"……."

"그런 창궁검왕을 저주하고 욕해 봐야 중화당의 계획대로 놀아나는 것에 지나지 않아요. 우리 천마신교는 그런 얕은 수작에 넘어갈 생각이 없고요."

"아, 그래. 생각 얕은 나만 저런 싸구려 계략에 넘어갔다는 거군. 지적해 줘서 고마워, 금발 아가씨."

대놓고 비아냥대는 말에 엘레노아가 표정을 굳혔다.

"그만해, 수아. 제가 현무전과 수아를 대신하여 사과드리죠. 부디 넓은 아량으로 이해해 주시길."

심자홍이 상황을 대강 수습했다.

하나 그 사과는 엘레노아를 향한 것일 뿐, 그녀 역시 남궁혁에겐 싸늘한 시선만을 보낼 따름이었다.

"다들 그쯤 해둬. 공동의 적 앞에서 힘을 모아도 모자랄 판에 언제까지 내분이나 일으킬 생각이야?"

헨리에타의 지적에 사람들이 입을 다물었다.

서로 간의 앙금이 완전히 해소되지는 않았지만 그럭저럭 봉합은 되었다.

그녀에게 감사의 눈짓을 보낸 권창수가 연단에 올랐다.

"이렇게 초대에 응해주셔서 감사합니다. 다들 바쁘실 테니 본론으로 들어가죠."

"아직 시운 님이 안 오셨는데."

밀리아가 손을 번쩍 들고서 말했다.

"적시운 님께선 참석하시지 않겠다고 하셨습니다. 지금은 가족들과 함께 시간을 보내고 싶다고요."

지극히 개인적인 이유였지만 비꼬거나 야유하는 사람은 없었다. 적시운이라면 그럴 자격이 있다고들 생각하고 있었기 때문이다.

"얘기를 이어가죠. 어제 23시경에 오래된 국가 간 통신 라인을 통하여 선전포고가 들어왔습니다. 마수 전쟁 이래 단 한 번도 울린 적이 없었던 라인이었죠."

"선전포고를 한 국가는?"

"노던 아메리칸 엠파이어(Nothern American Empire), 북미 제국입니다."

헨리에타 일행이 가볍게 숨을 들이켰다.

그들을 제외한 나머지는 대체로 얼떨떨하거나 아리송한 반응이었다.

"저기, 북미 제국이라면……."

"우리의 모국이에요, 엘레노아 씨."

헨리에타가 입을 열었다.

"오랫동안 멸망했다고 알려져 있었던, 미합중국이란 나라의 후신이기도 하죠."

"더불어 그곳의 황제는 여러모로 아시아와 밀접한 관계에 있기도 합니다."

권창수가 옆으로 손을 뻗었다.

"자세한 이야기는 이분께서 설명해 주실 겁니다."

안내를 받아 단상에 오른 이는 김은혜였다.

그녀를 아는 이들과 모르는 이들의 시선과 표정이 어지러이 얽혔다.

"제 이름은 김은혜라고 합니다. 본명은 따로 있지만 너무 오래된 이름인지라 굳이 얘기할 필요는 없을 듯하군요. 간략히 소개를 드리자면 저는 순천자, 그리고 무백 노사라 불렸던 사람과 같은 시간을 영위해 왔습니다."

좌중이 술렁이기 시작했다. 익히 예상한 반응이었기에 김은혜는 흔들리지 않았다.

"지금부터 말씀드릴 것은 긴 이야기가 될 듯하군요. 부디 지루하지 않기를 바랄 따름입니다."

"수정 언니한테 문자 왔어. 근데 오빠는 안 가 봐도 돼?"

"안 가 봐도 돼. 그리고 그쪽 얘기 좀 일일이 보고하지 마."

"치, 중요한 일인 것 같으니까 그렇지!"

"어차피 시시콜콜한 얘기나 주구장창 늘어놓을 거야."

"누가?"

"누가 됐든 다 그렇고 그런 얘기나 떠들겠지. 귀찮으니 그런 건 아랫것들한테나 맡기면 돼."

"와, 악덕 상사."

"오빠한테는 그렇게 말하는 게 아니에요, 세연 언니."

"……."

"사과 깎아 왔는데 좀 드실래요, 오빠?"

"응."

적시운은 누운 채로 사과를 받아먹었다.

"이제야 좀 오빠 대접을 받는 것 같네. 친동생이란 녀석은 사과는커녕 과자 한 번 나눠 먹은 적이 없는데."

"대체 누가 과자 한 번 나눠 먹은 적이 없다는 거야?"

"없잖아. 나 먹을 것 빼앗아 먹기나 했지."

"와, 이 오빠가 이젠 날조까지 하네?"

"난 언제나 진실만을 말해."

"식량아, 물어버려."

방 한쪽에 엎드려 있던 비상식량이 늘어지게 하품을 했다. 그 모습에 심통이 난 적세연이 비상식량의 귀를 잡아당겼다.

"그만 하세요, 세연 언니. 비상식량이 아프겠어요."

"아프라고 하는 거야. 주인 말도 안 듣는 멍청한 똥개."

"너 어째 말투랑 하는 짓이 밀리아하고 비슷해져 간다?"

뜨끔한 적세연이 비상식량의 귀를 놓아줬다.

그러고는 야속하다는 눈으로 적시운을 흘겨봤다.

"이게 다 오빠 때문이야."

그 말이 어이가 없어 피식 웃음이 나왔다. 그 옆에 앉은 세실리아도 웃음이 떠나질 않는 얼굴이었다.

"고마워요, 세연 언니."

아직은 어눌한 한국어 발음이었지만 그래도 적시운과 처음 만났을 적과는 비교도 할 수 없을 만큼 능수능란해진 편이었다. 그때는 아예 오빠란 단어 말고는 아무것도 몰랐을 정도였다.

"뭐가 고맙다는 거니?"

"저를 이 집에 초대해 주셔서요. 음, 그리고 시운 오빠를 오빠라 부르는 것도 허락해 주셨고요."

"혼자 둘 수는 없으니까. 그리고 오빠라고 부르는 것쯤이야 굳이 허락을 받고 말고 할 것도 없는 일이고."

쑥스러운 얼굴로 대꾸한 적세연이 적시운을 다시 흘겨봤다.

"저 바보 오빠 나이를 생각하면 오빠보다는 삼촌이 어울리겠지만."

"이래 봬도 생체 나이는 아직 20대야! 곧 30대가 되는 누구와는 달리."

"……."

토라진 적세연이 자기 방으로 들어갔다.

쾅 하고 닫히는 문을 세실리아가 걱정스러운 듯 쳐다봤다.

"괜찮겠어요? 언니, 화난 것 같은데."

"단 거 사다 주면 금방 풀려. 저 녀석은 단순하니까."

"그렇게나 만나길 바라셨던 가족인데, 조금은 친절하게 대해주셔야죠."

적시운은 대답 없이 쓴웃음만 지었다.

적적하면서도 평화로운 오후였다. 폭풍전야의 고요라는 것을 알기에, 조금이라도 더 이어지길 바라게 되는.

"전쟁이 시작되겠죠? 오소독스에서의 싸움이랑은 비교하지 못할 만큼 큰 전쟁이요."

"그렇겠지."

"수많은 사람이 다치고 죽겠죠?"

"아마도 그렇겠지."

"그럼 이 전쟁이 끝나고 나면, 모두가 평화롭게 지낼 수 있을까요?"

적시운은 대답하지 않았다. 그럴 거라는 생각이 딱히 들지 않았던 까닭이다.

대답 없는 적시운을 보며 세실리아는 씁쓸히 웃었다.

"이번에는 저도 함께 싸우고 싶어요."

"그건 안 돼."

"큰할머니께서 부탁하셨나요? 그런 거라면……."

"내가 네게 따로 부탁할 일이 있어서 그래."

의외의 대답에 세실리아는 두 눈을 깜빡였다.

"제게요?"

"응."

적시운은 고갯짓으로 적세연의 방을 가리켰다.

"여기 남아서 저 녀석과 엄마, 누나를 지켜줬으면 해."

"그건……."

"굉장히 중요한 임무지. 아마 그 무엇보다도 중요한 임무일 거야."

세실리아는 고개를 끄덕였다.

적시운은 어느새 굳어 있는 표정을 풀고서 농담조로 덧붙였다.

"아무래도 저 녀석 하나만으로는 안심이 되질 않거든."

"저 녀석이요?"

"저 똥개."

자기 얘기라는 것을 기가 막히게 알아챈 비상식량이 가볍게 으르렁거렸다.

세실리아는 쿡쿡거리며 웃고서는 고개를 끄덕였다.

"알겠어요, 오빠."

"이상이, 제가 여러분에게 전해 드릴 수 있는 모든 정보입니다."

김은혜의 설명이 끝났다. 그 어느 때보다도 묵직한 침묵이 회의장 전체를 짓누르고 있었다.

"두 개의 세계와 두 명의 천마……가 있다는 건가요?"

모든 것을 함축해놓은 차수정의 질문에 김은혜는 담담한 얼굴로 고개를 끄덕였다.

"네, 천무맹에 의해 벌어진 실험이 두 세계의 운명을 바꿔놓았지요. 또 한 명의 천마, 그러니까 적시운 님이 만난 분은 거울 차원의 천마라고 할 수 있어요."

"거울 차원(Mirror Dimension)……."

세상을 지탱하는 수많은 차원 중에서도 지극히 닮아 있는, 이름 그대로 거울처럼 존재하는 차원들을 일컬어 거울 차원이라 했다.

"마수들의 고향인 판데모니엄은 우리 세계와 유사점이 많이 없는 차원 중 하나죠. 하지만 적시운 님이 방문했던 거울 차원은, 거의 모든 면에서 우리 세계와 거의 흡사한 것으로 추정됩니다."

"하지만 완전히 같지는 않다는 거군요."

"그래요, 수정 양. 아마도 적시운 님이 방문한 것을 기점으로 두 세계의 운명은 크게 달라졌을 거예요."

"그렇다는 건."

내내 침묵하던 그렉이 입을 열었다.

"두 세계와 판데모니엄 이외에도 또 다른 차원들이 있을 수 있다는 뜻 아닌가?"

"네, 아마도 우리의 인식 범위를 넘어선 차원들이 존재할 테죠."

"그러한 차원들이 우리 세계에 미치는 영향은 없는 건가?"

"네, 아직까지는 그렇습니다. 앞으로도 그럴지는 확답할 수 없겠지만요."

이야기를 들으면 들을수록 모두는 한층 머릿속이 복잡해지는 기분이었다. 그러한 사람들의 반응에 김은혜가 말을 이었다.

"현재로써는 판데모니엄과 거울 차원, 이 2개의 차원만이 우리 세계와 연관되어 있다고 할 수 있어요."

"그렇다면 일단은 그것들에만 집중해야겠군요. 어차피 다른 세계들을 생각해 봐야 머릿속만 복잡해질 테니까요."

"그렇습니다, 권창수 의원님."

"지금으로써 단언할 수 있는 것은 한 가지뿐입니다. 천무맹을 능가하는 강대한 적이 우리에게 선전포고를 했다는 것 말입니다."

김은혜에게서 발언권을 이어받은 권창수가 좌중을 돌아보며 단단한 목소리로 말했다.

"전쟁의 삭풍이 우리의 코앞까지 들이닥쳤습니다."

6

"큭……."

어둠에 잠긴 감옥 안.

오스카리나는 벽면에 결박된 채 놓여 있었다. 심각한 고문을 받거나 하진 않았지만 계속해서 반쯤 선 상태로 있어야 했기에 육체적 피로가 상당했다.

자세가 자세인지라 한숨도 자지 못한 상황에다가 자백제가 듬뿍 들어간 식사를 끼니마다 먹은 탓에 머릿속도 엉망진창이었다.

위이잉.

레이저로 이루어져 있는 창살 문이 해제되었다.

그녀는 초점이 맞지 않는 눈으로 상대방을 확인하고자 노력했다.

하나 보이는 것은 뿌연 실루엣뿐, 그녀는 반쯤 자포자기한 심정이 되어 헛웃음을 흘렸다.

"고문을 할 거라면 신속하게 해줬으면 해. 안 그래도 다 불어버리고 쉬고 싶거든."

"오스카 백작님."

앳된 여성의 목소리, 그것도 무척 귀에 익은 음성이었다.

그럼에도 오스카리나는 상대방을 떠올리기 위해 오랫동안

생각해야 했다.

"……에스텔 라트린?"

"오랜만이에요, 백작님."

제국 내에서도 손꼽히는 권력을 행사하는 라트린 후작가의 가주인 엘모 라트린 후작의 총애를 받고 있는 생질.

하나 오스카리나가 그녀를 기억하고 있는 이유는 그런 것들이 아니었다.

'적시운…….'

그 남자와 함께 시타델을 찾아왔었기에, 오스카리나가 에스텔을 기억하는 것은 오로지 그 때문이었다.

"정말로…… 오랜만이로군. 설마 이런 꼴로 만나게 될 줄은 몰랐는데."

"아킬레스 님에게서 전해 들었어요. 백작님께서 황성에 구금되셨다고, 모반 혐의를 뒤집어쓰셨다고……."

"새삼스러운 일은 아니지. 안 그래?"

오스카리나는 눈을 질끈 감았다, 떴다.

그나마 선명해진 시야에 에스텔의 걱정 가득한 얼굴이 들어왔다.

"앞으로는 찾아오지 않는 게 좋아. 너나 후작가에도 모반 혐의가 씌워질 수도 있으니까."

"하지만 이건 명백한 누명이잖아요? 제가 백작님을 변호하겠어요. 잘만 설명해 드린다면 큰아버님께서도……."

"멍청한 소리 좀 그만해."

오스카리나는 일부러 매몰차게 말했다.

"날 잡아가둔 게 누구일 것 같아? 펠드로스 그 미친놈이 그저 멋대로 판단했을까? 아냐, 미친놈이긴 해도 놈은 그저 말 잘 듣는 사냥개에 불과해. 그 사냥개에게 먹이를 물어오라고 명령한 게 누구일 것 같아?"

"백작님……."

"사냥꾼은 다름 아닌 황제야. 그가 의지를 행사했고, 펠드로스는 그저 꼬리를 살랑대며 따랐을 뿐이야."

"하지만, 황제 폐하께서 대체 왜……?"

"몰라. 위대하신 분의 뜻이겠지, 안 그래?"

비웃음 섞인 냉소 뒤로 밭은기침이 이어졌다. 자백제의 영향 때문인지 오스카리나의 기침에는 피가 섞여 있었다.

간신히 호흡을 진정시킨 그녀가 힘겹게 웃었다.

"돌아가도록 해. 내 이름은 들어본 적도 없다는 것처럼 행동하고. 어쩌면 이 대화도 도청당하고 있을지 몰라."

"알겠어요……."

에스텔이 뒤로 물러났다.

그녀가 멀어지자 해제되었던 레이저 창살이 다시금 생겨났다.

"반드시 백작님을 구해드리겠어요. 그러니 그때까지 힘겹더라도 버텨주세요."

"바보 같은 생각일랑 집어치우고, 네 몸이나 잘 간수해."

"그렇게 말씀하시더라도 상관없어요. 반드시 백작님을 구하러 돌아오겠어요."

고개를 꾸벅 숙인 에스텔이 멀어졌다.

짧은 대화만으로도 녹초가 되어버린 오스카리나가 무거운 한숨을 토했다.

"돌아오지 않는 게 좋을 거야."

범아시아 동맹이 체결되었다.

크고 작은 나라를 통틀어 도합 20여 개의 국가가 합세한 연합, 그중에서도 중추라 할 수 있는 국가는 물론 대한민국이었다.

"사실상 중국을 제외한 타국의 협력은 기대하지 않는 게 좋을 겁니다."

적시운의 집 안방에서 범아시아 동맹에 대해 설명한 권창수가 쓴웃음을 지었다.

"이기심 때문이 아니라, 당장 마수들을 상대할 전력조차 부족한 국가가 대다수이니까요."
적시운은 고개를 끄덕였다.
상황이 그렇다는 거야. 일본의 경우만 봐도 알 수 있었다.
한때 아시아 제일의 경제력과 힘을 자랑하던 국가가 이제는 마수 하나 처리하지 못해서 한국에 손을 벌려야 할 지경이었다. 일본이 그러할 정도인데 대다수의 자잘한 국가가 어떨지는 불 보듯 뻔한 일이었다.
"중국은 어떻습니까?"
"그게 좀 애매합니다. 사절단 역할로 온 이들 중엔 핵심 인사가 한 명도 없습니다."
"남궁혁이 대표로 왔다던데요."
"알고 계셨군요?"
"차수정이 하도 문자를 해대서."
"아, 그랬군요. 예, 그 말씀대로입니다. 아무래도 중화당 측에서 보낸 진상품의 느낌이 강하긴 합니다."
"진상품?"
"예, 이걸 바칠 테니 알아서 처리하시고 노여움을 풀라는 거지요."
적시운은 픽 쓴웃음을 지었다.
"조선 시대에 왕족들을 볼모로 가져다 바쳤던 것처럼?"
"예, 물론 의도가 정반대이긴 합니다. 이쪽은 화풀이 대상을 가져다 바친 것이니까요."

"그건 확실히……."

적시운은 턱을 쓰다듬었다.

"남궁혁은 뭐랍니까?"

"특기할 만한 것은 없습니다. 무조건적인 협력을 약속했다는 얘기뿐이니 지금까지의 태도와 크게 다를 것은 없지요."

"말은 그렇게 하면서도 핵심 인사 하나 오지 않았다는 거군요."

"예, 솔직히 말해 구린내가 납니다."

문밖에서 킥킥거리는 소리가 났다.

나직이 혀를 찬 적시운이 밖을 향해 말했다.

"중요한 얘기 중인데 엿듣지 좀 마."

끼이익.

살짝 열린 방문으로 적세연이 고개를 내밀었다.

"엿듣는다고 큰일 나는 것도 아니잖아."

"그렇긴 하지만 예의라는 게 있잖냐."

"오빠가 언제부터 그리 예의에 민감했다고? 안 그래요, 권 의원님?"

권창수는 미소로써 대답을 대신했다.

그와 오빠를 새침한 얼굴로 번갈아 본 적세연이 두 손에 든 상을 내려놓았다. 과일과 과자 약간, 찻잔 두 잔이 올려진 보편적인 다과상이었다.

“미리 준비해 둔 게 없어서 죄송해요, 권 의원님.”

“아뇨. 감사할 따름입니다, 수정 양.”

두 사람의 시선이 새벽녘 거미줄처럼 교차했다. 극히 희미하고 미약하게, 그러나 분명히 반짝이며.

[호오, 그런 거로군.]

‘뭐가?’

[자네도 눈치가 있다면 알 것 아닌가.]

적시운은 미간을 찌푸렸다.

“세연이, 너 말이다.”

“그럼 얘기들 나누세요.”

단호히 말을 자른 적세연이 혀를 날름 내밀어 보이고는 방을 나섰다.

멋쩍어진 적시운을 보며 권창수가 쓰게 웃었다.

“제가 괜히 찾아온 건 아닌가 모르겠군요.”

“……중국 쪽 얘기나 합시다.”

“그러죠. 이번 사절단 건에 대해 어떻게 생각하십니까?”

“그건 내가 물어야 할 질문 같은데요.”

적시운의 눈빛이 호수처럼 잠잠해졌다.

“그쪽의 태도에서 대강 추측되는 바가 있긴 합니다. 한데 그건 어디까지나 싸우는 자의 입장에서 본 것일 뿐이죠. 그러니 정치적 식견을 가진 사람의 의견이 필요합니다."

"제게 그런 식견이 있을지……."

"있습니다. 그러니 단도직입적으로 묻죠. 중화당과 북미 제국 사이에 모종의 관계가 있다고 생각합니까?"

권창수는 침묵했다.

자신의 대답 여하에 따라 아시아의 운명이 크게 요동칠 수도 있다. 그 사실이 가져다주는 무게감은 결코 작은 게 아니었다. 그리하여 그는 수차례의 숙고를 거쳐 신중하게 대답했다.

"그렇다고 생각합니다."

적시운은 자리에서 일어섰다.

따라 일어나려는 권창수에게 손짓을 한 그가 염동력으로 사과 조각을 집어 올렸다.

"좀 더 쉬다 가십쇼."

"어딜 가시려는……?"

"우선은 남궁혁부터 만나볼 겁니다. 그다음은 아마도 북경이 될 테고. 그리 오래 걸리진 않을 겁니다."

철렁한 기분에 권창수는 마른침을 삼켰다. 중화당 수뇌부의 대응과 적시운의 행보에 따라 2차 한중전쟁이 벌어지게 될지도 모른다.

'그리고……'

그 결과는 결코 중국에 긍정적이지 않을 터였다.

“너무 걱정할 것 없습니다. 내가 무백이나 백진율도 아니고, 쓸데없이 피를 볼 생각은 없으니까요.”

“그럴 테지요.”

‘다만…….’

권창수는 이어서 하려던 말을 도로 삼켰다.

한국의 정치인 중에선 그 누구보다도 적시운을 잘 알고 있는 그였다. 그래서 이런 상황에선 어떤 말도 소용없으리란 것 역시 잘 알고 있었다.

“그런데.”

적시운이 미간을 살짝 찡그렸다.

“언제부터 친해진 겁니까?”

누구와 말이냐고 되물으려던 권창수는 다시 말을 삼켰다. 이제 와 시치미를 떼어봤자 제 살 깎아먹는 짓이었다.

“한중전쟁 당시에…… 세연 양과 가족분들을 행정부 차원에서 보호했었지요. 그때 가까워지게 되었습니다.”

“어쩐지 통신으로 나누면 될 이야기를 굳이 집까지 찾아와서 하더라니…….”

“죄송합니다. 다만 그것만 이유는 아니고…….”

적시운은 손을 내저었다.

“됐습니다. 딱히 추궁하려는 건 아니고, 누구와 뭘 하든 그건 세연이 자유잖습니까.”

"예, 그렇기는 하지요."

"……."

"죄송합니다."

"이 얘기는 다녀온 다음에 하죠."

적시운은 방문을 열었다.

밖으로 나오니 팔짱을 끼고 있는 적세연이 있었다.

"너무 뭐라고 하지 마. 권 의원님, 은근히 심약하단 말이야."

"은근히 그런 게 아닌 것 같은데. 하여간 너도 다녀온 다음에 나랑 얘기 좀 하자."

"왜?"

왜라고 물으니 딱히 할 말이 없었다.

대답할 거리가 궁색해진 적시운은 도망치듯 집 밖으로 나왔다.

바깥에는 차수정이 대기하고 있었다.

적시운에게 인사하려던 그녀가 돌연 풉 하고 웃었다.

"뭐가 그리 우스워?"

"거울 좀 보고 나서 물어보세요. 나 혼자 본다는 게 아까워 죽겠네."

"……."

"권 의원님하고는 얘기 잘하셨어요?"

"말도 마. 그나저나 너는 왜 그리 귀찮게 문자를 계속해대?"

"그게 부길드장의 임무니까요, 길드장님."

"오늘부로 때려치우려니 네가 길드장 해먹어."

"안 된다는 거 아시잖아요, 선배."

"안 되고말고가 어디 있어? 내가 하고 싶으면 하는 거고 하기 싫으면 마는 거지."

평소보다도 투덜대는 적시운의 반응에 차수정은 재미있다는 미소를 지어 보였다.

"그만 웃어."

"네, 선배."

애써 웃음을 갈무리한 차수정이 물었다.

"행선지는 어디인가요?"

"우선은 남궁혁."

"지금 신서울 S호텔에 묵고 있어요. 호실은 1307호. 운신의 폭이 넓지 않으니 아마도 방 안에 있을 거예요."

"기다렸다는 듯이 보고하네?"

"선배가 어떻게 나올지 대충은 짐작했으니까요."

"요새 독심술도 연마하나 보지?"

"선배에 대해 잘 알고 있는 거죠."

이번에도 할 말이 궁색해진 적시운이 신형을 날렸다.

부드럽게 웃은 차수정이 그 뒤를 따랐다.

두 사람은 단숨에 신서울로 날아갔다.

과연 남궁혁은 차수정의 말마따나 호텔 안의 개인실에 앉아 있었다.

"이쯤 되면 네가 올 거라고 생각했다."

"오늘따라 왜 이리 하나같이 예언가 흉내를 내는 거지?"

차가운 농담을 던진 적시운이 의자를 끌고 와 남궁혁 앞에 앉았다.

"길게 말하지 않을게. 중국 놈들 속셈이 뭐냐?"

남궁혁이 비웃음을 머금었다.

"면피용 허수아비에 불과한 내가 뭘 알겠나?"

휘잉!

날카로운 바람이 남궁혁의 얼굴을 쓸고 지나갔다. 한 치도 채 떨어지지 않은 위치에 적시운의 주먹이 멈춰 있었다.

"지금의 난 인내심에 여유가 없거든? 그러니 닥치고 묻는 말에나 대답해 줬으면 좋겠군."

"그러지……."

7

뒤따라 방 안으로 들어선 차수정이 움찔했다.

"선배, 그를 죽여선……."

"안 죽여, 일단은."

"홧김에라도 죽이시면 안 돼요."

"안 죽인다니까, 내가 무슨 살인광도 아니고."

나직이 투덜거린 적시운이 남궁혁에게로 시선을 쏘았다.

"말해! 놈들이 너를 이곳으로 보낸 이유가 뭐지?"

"크게 두 가지다. 하나는 전범인 나를 보냄으로써 한국 정부의 분노를 조금이라도 달래려는 것."

"넌 전범 축에 들지도 못해."

"……다른 하나는 내가 그나마 천마신교에 대해 잘 알고 있기 때문이다."

"천마신교는 왜?"

"네가 바로 천마신교의 교주이니까."

적시운이 인상을 팍 구겼다.

"나는 천마도 아니고 교주도 아냐."

"너는 그렇게 말하겠지. 하지만 너를 두려워하는 이들이 그 말을 곧이곧대로 받아들일까? 네가 뭐라 하건 간에 그들에게 있어 너는 23세기의 천마다."

"정말 놀고들 있군."

적시운은 한숨을 내쉬었다.

"그래서 그 작자들이 바라는 게 대체 뭔데?"

"좁게는 본인들의 평안, 그리고 넓게는 중국의 평화, 쉽게 풀어서 이야기하자면 대국적으로는 네게 조금이라도 더 잘 보이는 것이겠지."

"그렇다는 작자들이 기껏 사절로 보낸 게 당신이란 거군? 한때 적이었고 감정적으로도 전혀 가깝지 않은 인간 말이야."

"그래, 지나친 두려움이 그들의 판단력을 앗아간 결과다."

남궁혁은 씁쓸함을 숨기지 않고서 말했다.

"중국은 오랜 기간 아시아의 패자(霸者)였으며, 앞으로도 그러해야 한다. 그렇게 생각하는 이들은 지금도 결코 적지 않다."

"그래서?"

"아무래도 너희의 적은 그 점을 놓치지 않고 포착한 모양이더군."

적시운의 눈매가 가늘어졌다.

"자세히 말해봐."

"중화당 간부 중 적지 않은 이의 움직임이 심상치 않다. 정확한 내막까진 알 수 없지만 무언가를 꾸미고 있다는 것은 분명해 보인다."

"그걸 당신이 어떻게 알고 있죠?"

가만히 대화를 듣던 차수정이 반문했다. 그러고 보면 남궁혁은 표면적으로나마 전범인 입장이었다. 중화당 내부 사정에 이렇게까지 밝기는 어려웠다.

"아가씨가 추측해 보겠나?"

"중화당의 누군가가 당내 의원들의 불손한 움직임을 포착했고, 당신을 메신저 삼아 시운 선배에게 알리고자 했다. 이 정도면 어떤가요?"

"훌륭한 추측이다. 10점 만점에 9점쯤 되겠군."

"1점 감점의 이유는요?"

"알려준 사람이 중화당 내의 인물이 아니거든. 심지어 중국인조차도 아니지."

"외국인이라는 건가?"

적시운이 질문했다.

다시금 그에게로 향한 남궁혁의 표정이 살짝 흔들렸다.

"그렇다."

"어느 나라 사람들이지?"

"그들은 스스로를 미국의 후예라 칭했다."

"미국이라고?"

"그렇다. 북미 제국이 아니라 미합중국. 이제는 멸망해 버린 21세기의 세계 최강국. 그들은 멸망해 버린 나라가 남긴 마지막 자손이라고 스스로 칭했다."

"그건 너무 추상적인 개념 같은데."

"미 국방정보국. DIA(Defense Intelligence Agency). 그들이 스스로 칭하는 명칭이었다."

"사실 여부는 나중에 따지지. 어쨌든 그자들이 당신에게 접촉해 왔다는 건가?"

"그렇다."

"직접 만나러 왔을 리는 없고, 통신을 통한 접촉이었나?"

"그래, 중화당 정부에서 직접 걸어놓은 방화벽을 뚫었더군. 특수 요인을 감시하기 위한 최상위 레벨의 방화벽이 걸려 있었는데, 그들은 너무나 간단히 해킹해 버렸다."

"그리고 당신과 비밀 대담을 나눴다? 당신이 누군지도 파악하고 있었다는 건가?"

"그렇다. 나아가 중한전쟁의 결과와 천무맹의 패망에 대해서도 자세히 알고 있더군."

"한중전쟁이겠지."

지나가는 투로 지적한 적시운이 팔짱을 꼈다.

"그자들이 당신에게 알려줬다는 거군. 중화당 요인들과 북미 제국 간의 접촉에 대해."

"그렇다. 황제가 쇄국령을 전면 철폐하면서 중화당 측에 무언가를 제안한 모양이더군."

"정확히 무엇을 말이지?"

"그것까진 DIA 측도 알지 못했다. 그들의 정보력으로도 황제의 털끝조차 엿보지 못하는 모양이더군."

"흠……."

"그들이 당신과 접촉했었다는 것을 아는 사람은 누가 있죠?"

"나, 그들, 적시운과 아가씨."

"그 외에는 없다는 건가요? 중화당에서 눈치를 챘을 가능성은……"

"그들이 나를 속여 넘겼을 가능성이 아예 없다고는 단언하지 못하겠군. 하지만 최소한, 내가 눈치챌 수 있는 범위 내에선 없다고 말할 수 있을 것이다."

"결국은 확실하지 않다는 거잖아."

"굳이 말하자면 그렇겠지."

적시운은 턱을 괴었다.

"다시 말해 댁이 사절로 파견된 것은 DIA 건과는 무관하다는 거군."

"그렇다. 나는 총알받이 역할로 온 것에 지나지 않는다. 사절단에 중화당 측 주요 인사가 한 명도 포함되지 않은 것만 봐도 알 수 있지 않나?"

"그 작자는 대체 무슨 생각을 하는 거지? 우리가 당신네 사절단을 몰살시키기라도 할 거라 생각한 건가?"

"천마라면 응당 그럴 테니까. 너는 잘 모르겠지만, 중화의 시선에서 본 천마와 천마신교는 그런 존재다."

"쳇."

나직이 혀를 찬 적시운이 생각에 잠겼다. 그가 머릿속을 정리하는 동안 차수정이 몇 가지를 더 질문했다.

"DIA와의 연락 수단은 뭐였죠?"

"무선 통신, 아가씨도 흔히 쓰는 핸드폰과 PDA 등이지."

"그런데도 중화당 쪽에선 전혀 몰랐다는 건가요?"

"DIA의 인간들이 교묘하게 바꿔치기를 하는 모양이더군. 기록상으로는 다른 짓을 하고 있다고 나오게끔."

"그들과는 지속적으로 연락하고 있나요?"

"했었지. 하지만 며칠 전부터 연락이 완전히 두절되었다."

"그들의 본거지는 역시 아메리카 대륙에……?"

"그런 것 같더군. 통신을 하는 것 외에는 아시아에 영향을 줄 방법이 없다고 했었다."

"그 외에 뭔가 도움이 될 만한 정보가 있었나요?"

"근래 들어 무슨 백작인지 뭔지 하는 여자를 포섭했다고 하더군. 이 얘기를 들으면 적시운이 알 거라고 했다. 이름이 아마……."

"오스카리나."

적시운의 대답에 남궁혁은 고개를 끄덕였다.

"그래, 그런 이름이었어."

"백작인데 여자라는 건가요?"

"그런 것 같더군. 뭐, 요즘 같은 세상에 이상한 일은 아니지."

"그 반대지. 황제에 백작에 귀족들이라니. 시대를 역행해도 이만저만 역행한 게 아니잖아."

적시운의 투덜거림에 남궁혁이 쓰게 웃었다.

"천무맹이나 천마신교 역시 시대 역행 그 자체이지 않나?"

"혼돈의 시기니까."

"그 혼돈은 앞으로도 계속해서 이어질 거다."

"아니."

적시운이 단언했다.

"내가 끝낼 거다."

"……."

무겁게 침묵하는 남궁혁.

차수정이 적시운에게 물었다.

"DIA라는 집단에 대해 어떻게 생각하세요?"

"정보력 자체는 인정할 만해. 내가 단번에 알 법한 이름을 댔다는 것만으로도 그렇지. 그들을 신뢰할 수 있는지는 생각해 볼 문제지만……."

적시운은 어깨를 으쓱했다.

"그거야 확인해 볼 일이지. 신북경으로 가 보면 모든 것이 분명해질 거야."

"지금 바로요?"

"지금 바로."

적시운은 남궁혁을 돌아봤다.

"당신도 함께 가지. 따라오도록 해."

"내가 가 봤자 별 쓸모는 없을 텐데?"

"누가 누군지 대강은 알 것 아냐? 우리한테 설명해 줘야지. 어떤 작자가 중요 인물이고 아닌지 말이야."

"……."

"뭐, 저들에게 나름의 메시지를 전달할 수도 있지 않겠어?"

"메시지라고?"

"적시운이 천무맹을 용서하기로, 혹은 밑에 두기로 했다. 그러니 천무맹을 함부로 짓밟아선 곤란하다. 그런 메시지."

남궁혁은 흔들리는 눈으로 적시운을 응시했다.

"승자의 자비라는 건가?"

"설마. 난 그렇게 자비심 넘치는 성격이 아냐."

"그러면 왜……?"

"백진율에 대한 최소한의 예우라고 해두지."

남궁혁의 전율이 깊어졌다.

적시운은 그의 시선을 외면하고서 말을 이었다.

"바로 출발할 테니 가져갈 게 있으면 챙겨."

세 사람은 그대로 신서울을 떠나 신북경으로 향했다.

나머지 둘을 염동력으로 붙든 채 적시운이 전력으로 경공을 펼쳤고, 그리 오래 지나지 않아 신북경 근역에 도착할 수 있었다.

"선배, 뭔가 사전에 계획을 짜둔다거나…… 하진 않으실 거죠?"

"응."

담백하게 대꾸한 적시운이 그대로 신형을 날렸다.

한중전쟁 최종전 당시 생겨난 싱크 홀이 여전히 메워지지 않은 채로 남아 있었기에, 그곳을 통하여 곧장 지하 도시까지 직행할 수 있었다.

물론 신북경의 방비 체계는 그리 허술하지만은 않았다.

지하 도시에 도달하기 무섭게 수비 병력이 부리나케 날아들었다. 전투형 무인 드론과 비행형 기간틱 아머로 이루어진 병력이었다.

-정지! 침입자는 신원을 밝히고 수비대의 지시에 따르시오!

"차수정."

차수정이 돌아보자 적시운이 고갯짓을 했다.

"제가 하라고요?"

"저런 애들까지 길드장이 처리하리?"

"언제는 길드장 안 한다면서요?"

"네가 계속하라며. 잔말 말고 시키는 대로나 해, 부길드장."

"흥."

입술을 비죽 내민 차수정이 가볍게 손가락을 휘저었다.

수비 병력의 주변 공기가 급속도로 냉각되었다.

-무, 무슨……?

-움직일 수가 없다!

한순간에 펼쳐진 혹한 지대에 대국의 수도를 지키는 최첨단 전투 병기들이 삽시간에 마비되어버렸다.

A랭크 이능력과 설하유운공이 조화를 이룸으로써 딛게 된 경지였다. 차수정의 능력은 남궁혁조차 깜짝 놀랄 수준에 다다라 있었다.

정작 당사자인 차수정과 적시운은 태평하기 짝이 없었다.

반경만 수 ㎞에 이르는 빙해를 만들 지경이니, 이 정도 규모의 공간을 얼리는 것쯤은 일도 아니었다.

"가시죠, 적시운 길드장님?"

"오냐."

심통이 난 차수정과 태연작약한 적시운.

옆에서 지켜보기에는 희극적인 모습임에도 남궁혁은 도무지 웃을 수가 없었다.

"어느 방향으로 가야 하죠?"

차수정의 질문에 남궁혁은 퍼뜩 정신을 차렸다.

"행정 청사는 이쪽 방향이다."

"그럼 빨리 가도록 하죠. 멀뚱멀뚱 있다간 또 수비대가 들이닥칠 테니."

"오면 네가 또 처리하면 되잖아."

"여기 쓸어버리러 온 게 아니잖아요. 대화로 해결할 수 있으면 피해는 최소화해야죠."

차수정의 말에 적시운은 픽 웃었다.

"그럴 수 있을지는 의문인데."

"침입자입니다! 정체불명의 무리가 싱크 홀을 통해 침입, 수비대를 얼려 버리고 청사를 향해 다가오고 있습니다!"

"……!"

갑작스러운 급보에 중화당의 내각 의원들은 당혹감을 감추지 못했다.

안 그래도 안보 문제로 긴급회의를 연 것이 조금 전인데, 본론을 논하기도 전에 비상사태가 터진 것이다.

"침입자들의 신원은 확인하지 못했나?"

"그렇습니다. 워낙 갑작스러운 침입이었던 데다, 주변이 온통 얼어버리는 바람에……."

"얼어버렸다고?"

당혹감 어린 목소리들이 혼잡하게 오가는 가운데, 중후한 음성이 무게 중심을 잡았다.

"그들이 이곳으로 오고 있다는 건가?"

"예? 아, 예. 그렇습니다, 주석 동지."

"그게 언제 들어온 보고였지?"

"그것이, 조금 전에……."

"그렇다면 이미 늦었군."

"네?"

현 중화당의 임시 주석인 조군동이 표정을 굳혔다.

"빛보다도 빠른 그림자는 없는 법이지."

쾅!

회의실의 문이 좌우로 찢기듯 터져 나갔다.

의원들이 기절초풍하는 가운데 세 사람이 안으로 걸어 들어왔다.

8

"나, 남궁혁!"

익숙한 얼굴을 알아본 의원들이 소리쳤다. 그들의 면면에 섬뜩한 공포가 서렸다.

갑작스러운 습격, 회의장으로의 직행, 손 쓸 틈도 없이 문짝부터 부수고 들어오는 패도적인 행위…….

이런 사실들로부터 유추할 만한 상황의 폭이란 그리 넓지 않다.

어지간히 신중한 사람이라도 추측할 수 있는 경우의 수는 한두 가지에 그칠 터였다.

"반역이더냐, 남궁혁!"

"전범임에도 살려준 은혜를 이렇게 갚으려 하다니!"

성질 급한 의원들이 소리부터 지르고 봤다.

그들보다 신중하고 목숨 귀한 줄 아는 의원들은 입을 다문 채 상황을 주시했다.

그리고 비교적 현명한 이들은 남궁혁의 옆에 선 남자에 주목했다. 조금 전 문짝을 주먹질로 날려 버리고 들어온 사내였다.

"반역이라니 우습군. 내가 언제 당신들과 한편이던 적이나 있었나?"

"뭐이……!"

남궁혁의 냉랭한 대꾸에 의원들의 표정이 딱딱하게 굳었다.

몇 마디 더 쏘아붙이고 싶었지만 남궁혁은 관두기로 했다. 이 상황을 주도할 사람은 그가 아니었기 때문이다.

남궁혁의 옆에 선 사내가 말했다.

"저 작자들 맞아?"

"그렇다."

"얼굴 닮은 허수아비를 세워뒀을 가능성은?"

"없다."

"좋아. 우두머리는?"

남궁혁이 손을 들었다. 그의 손가락이 가리키는 곳에 조군동이 있었다.

사내, 적시운이 앞으로 한 걸음 나섰다.

"시간이 넘치지 않으니 본론만 말하지. 북미 제국에서 당신네에게 무슨 제안을 했지?"

단도직입적이다 못해 뚫고 지나갈 듯한 질문에 의원들은 복부를 찔린 것처럼 훅 하고 헛숨을 삼켰다.

"선배, 최소한 통성명 정도는 하셔야죠."

"됐어. 어차피 내가 누군지 머저리가 아닌 이상은 알 텐데."

조군동이 입을 열었다.

"적시운, 현 천마신교의 교주이자 대한민국의 실질적인 지배자. 내가 제대로 보았소?"

"이름 빼고 다 틀리셨는데."

"하긴, 천마신교와의 관계를 부정한다는 얘기는 자주 들었지. 도저히 믿기 힘든 일이지만 사실인 것 같군."

"미안하지만 내 신상에 대해 떠들자고 온 게 아닌데."

"그런 모양이군."

조군동이 시선을 돌려 동지들을 둘러봤다.

하나같이 경직된 모습이었다.

묵직한 긴장감은 드넓은 회의장을 가득 메우고도 남을 정도였다.

우르르르!

중화당 소속 전투원들이 쏟아지듯 몰려들어 왔다.

늦어도 한참 늦은 대응에 몇몇 중화당 의원이 속으로만 욕설을 삼켰다.

하지만 물론 그것은 우둔한 생각이었다. 수비 병력이 제때 왔더라도 저 세 사람을 막을 순 없었을 것이다.

철컥철컥!

적시운 일행을 향해 총구가 겨누어졌다.

수비대의 지휘관이 조군동을 돌아봤다.

원래대로면 명령을 기다릴 것도 없이 사격해야 정상이다. 침공 세력에 대한 대처는 즉결 심판이 기본이었다.

하지만 어차피 먹히지 않으리라는 것쯤은 지휘관도 알고 있는 일, 이 상황 자체가 최소한의 자존심 세우기에 지나지 않았다.

침묵하던 조군동이 한숨을 내쉬었다.

"물러가라."

수비대는 몰려들었던 것보다도 빠르게 물러났다.

그것을 본 적시운이 픽 웃었다.

"왜? 그냥 내버려 두지."

"저들이 무용지물이라는 건 잘 알고 있소."

"그걸 알면서도 굳이 내 성질을 자극했다는 거군?"

"중화당의 대표로서 사과하리다."

"필요 없어. 내가 원하는 건 사과가 아니라 정보니까."

"그렇군. 북미 제국이라……."

조군동은 작게 심호흡을 했다.

"말을 돌리거나 수작을 부려봐야 시간만 낭비하는 일일 테지. 사실대로 말하리다. 북미 제국에서 연락이 온 것은 맞소. 보아하니 제법 많은 의원이 그들과 접선한 것 같더군."

"당신도?"

"그렇소."

"내용은?"

"설명하기 좀 난감하구려."

"말하기 꺼려질 만큼 심각한 협박이라서?"

"그 반대요. 그들의 메시지엔 아무런 내용도 없었소."

적시운이 미간을 찡그렸다.

"아무런 내용도 없었다고?"

"그렇소. 그들은 어떠한 목적을 담고서 메시지를 보낸 게 아니었소. 의원들의 개별 통신 채널로 전달된 것은 오래된 음성 기록물이었소."

"확인해 보고 싶은데."

조군동이 손짓하자 회의장 내 스피커를 통해 소리가 흘러나왔다.

다분히 고리타분한 멜로디에 가사 역시 평범한 사랑 타령.

아마도 옛 미국 시대의 컨트리 송인 듯했다.

"다른 의원들도 마찬가지였다는 건가?"

조군동이 시선을 보내자 의원들이 황급히 고개를 끄덕였다.

미심쩍은, 그러나 거짓으로 보이진 않은 반응이었다.

"그 음향 메시지 안에 뭔가가 담겨 있을 가능성은? 암호라거나 당신네만이 알 수 있는 무언가 말이야."

"우리도 그런 생각을 해서 다각도로 분석해 봤소. 하지만 아무것도 없더군. 이건 그냥 평범하기 짝이 없는 노래에 불과하오."

"……."

적시운은 팔짱을 끼고서 침묵했다.

그러는 동안 차수정이 질문을 이어 갔다.

"그러니까 북미 제국 측과 접촉한 게 아니라는 거군요. 저쪽에서 그저 일방적으로 음향 파일을 보내왔을 뿐이고요."

"그렇소, 차수정 부길드장."

"저에 대해서도 아세요?"

"당신도 상당한 유명 인사니까. 물론 저 사내만큼은 아니겠지만 말이오."

타성적으로 고개를 끄덕인 차수정이 적시운을 돌아봤다.

어떻게 하겠냐는 시선.

생각에 잠겨 있던 적시운이 입을 열었다.

"둘 중의 하나로군. DIA라는 작자들이 헛다리를 짚었거나, 당신들이 거짓말을 하고 있거나."

"하늘에 맹세코 지금의 말엔 한 치의 거짓도 없소."

"맹세 같은 건 아무 의미도 없어. 그저 혓바닥을 놀리는 일에 지나지 않으니까."

"설령 북미 제국이 회유책을 들고 나왔더라도 흔들리는 일은 없었을 것이오. 이 전쟁에 있어 중국은 절대적으로 대한민국을 지지하오."

"당신 생각은 정말 그럴지도 모르지. 하지만 다른 의원들도 마찬가지일까?"

적시운의 시선이 좌중을 훑었다.

적지 않은 의원이 그 눈빛을 감당하지 못하고 시선을 회피했다.

"모든 사람이 넘치는 용기를 지닌 것은 아니오. 하물며 천무맹을 무너뜨린 사내 앞에서라면 말할 것도 없겠지."

조군동의 어조는 담담했다.

"귀하의 말마따나 세 치 혀로 하는 약조는 아무 의미도 없소. 그러니 행동을 보여드리리다. 중국이 어떻게 한국을 지원할 것인지 말이오."

"빵빵한 지원까진 바라지도 않아. 싸우는 동안 우리 등허리에 칼만 꽂지 않는다면 족해."

"그런 일은 없을 것이오. 원한다면 믿을 수밖에 없는 제안을 할 수도 있소."

"어떻게?"

조군동은 기다렸다는 듯 답을 내놓았다.

"우리들을 구금시키시오. 한국 정부가 완벽하게 장악할 수 있는 장소에 말이오."

"……!"

"그, 그런!"

"주석, 그것은 안 될 일입니다!"

의원들이 즉각적으로 반발했다. 최소한 짜고 치는 고스톱처럼 보이진 않았다.

"이 나라의 명운이 달린 일이니 의원 동지들께선 내 뜻을 따라주시길 바라오."

"하, 하지만!"

"이 사내는 손짓 한 번으로 이 자리의 모두를 몰살시킬 수 있소. 그가 백진율과 무백을 홀로 쓰러뜨렸음을 상기하기 바라오."

결코 무게감이 작지 않은 두 이름이 나오자 의원들의 반발이 크게 누그러졌다. 새삼 자기들 앞에 있는 사내가 어떤 존재인지 상기한 모양새였다.

"우리를 구금시키시오. 그래야 안심이 된다면 얼마든지 협조하겠소."

적시운은 대답하지 않고서 조군동을 바라봤다.

균형 잡힌 체형과 당당한 풍채, 육체적으로는 전성기를 지나 노화하긴 했으나 결코 쇠약해 보이진 않았다.

그 태도와 외관만 보자면 전임 주석인 심인평보다도 주석 자리가 잘 어울렸다.

"하나만 묻지. 북미 제국이 왜 그런 메시지를 보냈다고 생각하지?"

"개인적인 추측으로는 자중지란을 노린 게 아닐까 싶소. 별것 아닌 떡밥을 던져 우리끼리 서로를 의심하게끔 만든 것이오."

그럴 가능성도 없지는 않다. 하지만 그만큼이나 저들이 시커먼 속내를 숨기고 있을 가능성도 결코 적지 않았다.

-당신 생각은 어떻지?

남궁혁의 뇌리로 파고드는 적시운의 전음.

내공을 대부분 소실한 입장이었기에 남궁혁은 전음을 보내는 대신 작게 속삭였다.

"조군동은 믿을 수 있는 사내다."

"그렇군……."

적시운은 조군동을 향해 말했다.

"당신 말을 믿겠어. 부디 앞으로도 오늘 보여준 것과 같은 신의를 계속 보여줬으면 좋겠군. 그렇지 않는다면 다음엔……."

쩌저저적!

적시운을 중심으로 회의장의 바닥이 거북이 등처럼 갈라졌다.

적시운이 발산한 내공은 거기에 그치지 않고서 중화당 청사를 거칠게 뒤흔들었다.

"크……!"

"으으음!"

뚝.

돌연 진동이 그쳤다.

쥐 죽은 듯 고요한 공기 속에서 적시운의 나직한 음성이 천둥처럼 울렸다.

"나 홀로 찾아올 테니까."

"……명심하리다."

조군동의 대답을 뒤로한 채 적시운이 회의장을 떠났다. 중화당 의원들을 싸늘히 둘러본 남궁혁이 그 뒤를 따랐다.

의원들은 불쾌감에 몸서리를 쳤다.

그러나 그 불쾌감보다도 공포와 압박감이 더욱 컸기에 어느 누구도 쉽사리 입을 열 수가 없었다.

"우리의 회의 주제는 안보 문제였지."

조군동이 입을 열었다. 최소한 겉보기에는 냉정을 유지하고 있는 모습이었다.

"여러 의원분께서 이견을 가지셨을 거라 생각되나, 나는 뜻을 바꿀 생각이 없소. 우리가 손잡아야 할 대상은 북미 제국이 아닌 대한민국이오."

"조금 전의 일을 겪으시고도 말입니까?"

"그는 우리를 협박했지. 하지만 그뿐이오. 그는 우리의 말을 믿어주었기에 아무도 해치지 않고서 돌아갔소. 다름 아닌 저 천마의 후계자가 말이오."

"……."

"그가 마음만 먹는다면 능히 우리 모두를 몰살할 수 있다던 것은 거짓말이 아니오. 어쩌면 그것이 간단한 길일지도 모르지. 우리의 후사야 남궁혁이나 다른 이에게 맡기면 그만이니. 중국이 붕괴되도록 그냥 내버려 두더라도 한국에 해가 되진 않을 테고."

"……!"

"그럼에도 그는 우리를 믿는 쪽을 택했소. 그 정도라면 최소한, 아무런 의중도 알 수 없는 북미 제국보다는 낫다고 생각되오."

의원들은 아무 말도 꺼내지 못했다. 설령 반대 의견을 지녔다 하더라도 이런 분위기에서 자신의 의견을 꺼낸다는 것은 쉽지 않았다.

조군동도 어느 정도는 그 점을 이용하고 있었다.

"게다가 한국 정부에서 보내온 자료에 따르면 센다이 사태뿐 아니라 그간 벌어진 모든 마수의 준동에 북미 제국이 깊이 관여해 있는 듯하오."

"……!"

"그 진위를 완벽히 파악하진 못했으나, 설령 그게 사실이 아니더라도 북미 제국과 손을 잡는다는 건 가당치 않소."

조군동의 어조에 힘이 들어갔다.

"우리 또한 그들과 맞서야 하오."

같은 시각.

비밀리에 중국 전역에 술진이 전개되었다.

술진의 목적은 물론 차원의 문을 여는 것이었다. 사실상 인적이 없는 장소에 비밀리에 설치된 탓에 사실상 중국 측에서 알아챘다는 것은 불가능했다.

"센다이 때는 너무 물렀었지요."

섬서성 화산(華山).

정상에 선 펠드로스는 담담히 웃었다.

"반쪽짜리도 되지 못할 놈들이었지만, 일본 놈들이 항상 예의주시하는 위치에 술진을 펼치려 했으니 말입니다."

"……."

"하지만 이번엔 다르지요. 놈들이 미처 눈치채지도 못하게끔, 은밀하면서도 신속하게 게이트를 전개할 겁니다."

"왜 나를 여기로 데려온 거지?"

냉랭한 음성에 펠드로스는 소리 없이 웃었다.

"추측해 보시지요, 오스카리나 백작."

9

오스카리나는 주변을 돌아봤다.

가파른 절벽과 그 사이로 뻗어 있는 침엽수들, 자욱이 깔린 안개 사이로 승천하듯 뻗어 있는 봉우리와 시시각각으로 돌변하는 구름의 형태…….

그녀의 나라, 북미 제국에서는 찾아볼 수 없는 지형이었다. 그것만 봐도 북미 대륙으로부터 상당히 먼 곳에 끌려왔다는 것을 알 수 있었다.

모든 것은 번갯불에 콩 구워먹듯 이루어졌다.

구금되어 있는 그녀를 찾아온 펠드로스가 다짜고짜 어딘가로 끌고 갔다.

시야를 완전히 가리는 두건을 뒤집어쓴 채 이리저리 끌려 다니던 그녀의 두 눈이 자유를 되찾았을 땐 난생처음 보는 풍광이 펼쳐져 있었다.

"대양 너머의 세상에 온 것을 환영합니다, 오스카리나 백작."

펠드로스가 연극 무대 위의 소개자처럼 예를 취하며 말했다.

"왜 이곳으로 데려왔느냐고 물었습니까? 그렇다면 이렇게 대답해 드릴 수밖에요. 당신에게 어울리는 역할이 있기에 그에 걸맞은 자리로 모신 것입니다."

"구역질 나는 헛소리는 집어치우고 죽일 테면 죽여."

"죽일 생각이었다면 이런 호사를 경험하게 해주지도 않았을 겁니다."

짤막히 대꾸하는 펠드로스의 눈빛이 서늘히 빛났다.

"여긴 대체 어디지?"

"모든 것이 시작된 나라, 중국의 영토 내에서도 심장부라 할 수 있는 곳입니다. 전 대륙이 유린당하는 와중에도 자연 그대로의 모습을 거의 그대로 유지한 몇 안 되는 장소이기도 하지요."

고오오오.

먼 방향으로부터 거대한 그림자가 구름 사이로 솟구쳐 올랐다.

그와 함께 울리는 기괴한 포효.

오스카리나는 심장이 옥죄어 오는 것을 느끼며 마른침을 삼켰다.

"물론 그건 전쟁 초기부터 마수들에게 완전히 점령당했기 때문이지만요."

"방금 전의 저건…… 대체 뭐였지?"

"아주어 드래곤(Azure Dragon). S랭크의 마수지요. 잘 아시는 황혼의 순례자의 사촌쯤 되는 녀석입니다. 차이가 있다면 습성이겠지요. 순례자가 바다를 사랑하는 반면 저 녀석은 산을 보금자리로 여기거든요."

"무척이나…… 박식하군그래."

"그분을 제외한다면 마수에 대해 가장 잘 아는 인간이 바로 저니까요."

"그분?"

"제가 그분이라 일컬을 분은 하나뿐이지 않겠습니까?"

"황제 말이로군."

오스카리나의 어조엔 일말의 경외심도 담겨 있지 않았다.

그녀 나름대로 용기를 내어 반항한 것이라 할 수 있었으나, 펠드로스는 그저 미소를 지어 보일 따름이었다.

'하긴, 무력하게 꿈틀거리는 벌레의 발악 따위가 우습기밖

에 더할까.'

무력감과 자괴감 속에서 오스카리나는 씁쓸히 고개를 저었다.

한때 신인류로 명명됐던 프로젝트의 산물이 바로 그녀였다. 그러나 신인류 프로젝트는 뒤에 이어질 강화 인간 개발 계획의 예행연습에 지나지 않았다.

그녀나 네이트 브락시온 같은 이들은 신인류 같은 게 아니었다. 그저 조금 더 개량된 품종, 더 나은 제품을 만들기 전에 스쳐 지나간 실험작에 불과했다.

그렇기에 의문이 드는 것이었다. 대체 어째서 펠드로스는 벌레만큼의 위협조차 되지 못하는 그녀를 여기까지 데려온 것일까.

"당신이 날 이리로 데려온 건가?"

"여기에 백작과 나 이외에 또 누가 있지요? 마수들을 제외하고 말입니다."

"당신 혼자 나를 데리고 대양을 건넜다는 거군."

"그렇습니다. 뭐, 아킬레스 님의 협력을 얻었다면 더 빨랐겠지만 어쩔 수 없지요. 더 많은 사실을 설명해 주기도 꺼림칙하고, 사실 그렇게까지 시간 차이가 큰 것도 아니고."

"여기에서 뭘 하려는 거지?"

"이런! 똘똘하다는 평이 많았던 걸로 기억하는데, 이제 보니 질문만 많고 실속은 없군요. 묻기 전에 스스로 생각해 보시죠, 백작 나리."

비웃음이 다분히 섞여 있는 어조에 오스카리나는 내심 이를 갈면서도 펠드로스의 의중을 파악하고자 노력했다.

사실 그리 오래 고민할 것은 없었다.

큰 줄기를 보자면 도출될 답은 하나뿐이었으니까.

"황제는 바다 건너의 나라를 향해 전쟁을 선포했지. 그렇다면 황제의 애완견인 당신도 응당 그 계획에 맞춰 움직일 테지."

"애완견이라……. 어떻게든 내 성질을 돋워 보려고 애쓰는군요."

"마음에 안 든다면 목을 꺾으면 그만이잖아?"

펠드로스는 거친 도발에도 빙긋 웃기만 했다.

오스카리나는 조금 전의 도발이 지나쳤음을 느꼈지만 이미 뱉어버린 뒤였다. 주워 담기엔 늦었으니 그대로 밀고 나갈 수밖에 없었다.

"당신이 여기까지 와서 할 짓은 결국 전쟁 준비겠지. 구체적으로 어떤 준비인지는 모르겠지만."

"낙제점은 아니군요, 훌륭하다고도 할 수 없지만."

"우민한 제자라서 죄송하군요, 선생님."

도도하다 못해 공격적인 오스카리나의 태도에 펠드로스는 어깨를 으쓱했다.

"뭐, 좋습니다. 마음씨 넓은 선생이 참아야지요. 어쨌든 이제 맡은 임무를 완수해야겠군요. 따라오시죠."

'어디를, 어떻게?'

수많은 의문이 뒤따랐으나 오스카리나에겐 선택권이 없었다.

곧이어 펠드로스가 염동력을 펼쳤고, 그녀는 허무하게도 무력화되어선 허공에 들렸다. 펠드로스는 독수리처럼 활공했다. 무형의 힘으로 그와 연결된 오스카리나가 그 뒤를 따랐다.

"게이트를 여는 일은 제국의 그랜드 샤먼(Imperial Grand Shaman)들이 할 겁니다."

"그랜드 샤먼이라고? 그런 것은 처음 듣는……."

"당연한 겁니다. 아무나 알아선 안 되는 이들이니까요."

펠드로스가 윙크를 했다.

"사실 술진 전개만 놓고 보자면 그것들이 저보다도 빼어난 편이죠."

"당신은…… 다른 일을 할 거라는 뜻이야?"

"예, 제가 가장 잘하는 일을 할 겁니다."

스스스슥!

주변의 풍광이 급속도로 스쳐 가고 있었다.

펠드로스가 펼쳐둔 배리어 덕택에 역풍에 시달리진 않았으나 그냥 속도감만으로도 오스카리나는 탈진할 것 같았다.

펠드로스의 스피드가 조금 느려졌다.

역시나 낯선 황야, 그 한복판에 뚫려 있는 거대한 구멍이 두 눈 가득 들어왔다.

"여긴……?"

"신북경 지하 도시."

펠드로스가 나직이 대꾸했다.

"중국이란 나라의 현 수도지요. 하지만 중요한 건 그게 아닙니다."

"그럼 뭐가 중요한데?"

"저곳에서 해야 할 임무가 있다는 것. 중요한 사실은 그것뿐입니다."

오스카리나는 흠칫 몸을 떨었다. 이제 와서 펠드로스가 임무라고 지칭할 만한 일은 하나뿐이었기 때문이다.

그녀가 뭐라고 하기도 전에 펠드로스가 싱크 홀 안으로 몸을 날렸다. 오스카리나는 강력한 힘에 붙들린 채 헐떡일 수밖에 없었다.

펠드로스의 움직임은 너무나 빨랐다.

일방적으로 끌려다니는 입장인 오스카리나로선 그가 어딘가로 향한다는 것 말고는 알아낼 것이 없었다.

처음으로 그가 멈춰 선 곳은 어느 집 앞이었다.

지하 도시 안에서도 눈에 띄는 거대한 저택, 그 앞을 지키는 경비 병력의 규모도 보통이 아니었다.

"흐음. 여기가 바로……."

소형 PDA를 살펴본 펠드로스가 휘파람을 불었다.

"뭐라 읽어야 하는지 모르겠군요. 보나마나 이 나라 유인원 놈팡이의 이름이겠지. 하여간 걔네 정당 내 서열 5위의 집이라는군요."

"그걸…… 어떻게?"

"DIA란 놈들은 꽤 수완이 좋더군요. 고작해야 컴퓨터나 깨작거리는 놈들 주제에 많은 걸 알고 있더라고요. 옛 미국의 정보 위성을 이용해 이쪽 동네 웹을 해킹한 모양이에요."

"뭘 할 생각이야?"

"음. 그러니까……."

펠드로스가 PDA에서 시선을 뗐다.

이상함을 느낀 경비들이 총기를 겨냥하고서 다가오고 있었다.

"대충 이런 거?"

콰아아앙!

폭음이 울린 순간 오스카리나가 인지할 수 있는 모든 것이 터져 나갔다.

경비원들의 머리통.

무인 드론의 엔진.

담장 위 터렛의 총열.

레이저 방벽의 가동 장치와 배치된 차량들까지 모조리.

죽음의 불꽃이 만개했다.

콰과과과광!

저택 정문이 아수라장으로 돌변했다.

연신 터져 나오는 폭발음이 요란스레 고막을 후려쳤지만 비명 소리는 조금도 섞여 있지 않았다.

근처에 있는 생명체는 모두 죽어버렸기에.

"흐흠. 흠."

펠드로스는 콧노래를 부르며 걸어나갔다.

정문이 벽돌 조각 단위로 세세하게 쪼개져서는 홍해처럼 좌우로 갈라졌다.

쪼개져 나간 벽돌들은 펠드로스의 발 앞으로 모여들어선 정교한 돌담길을 만들어냈다.

지금의 상황과 그의 성격으로 유추하건대 그저 심심풀이로 하는 짓임이 분명했다.

좌르르륵!

저택 본관이 수천, 수만 조각으로 분해되어 흩어졌다.

펠드로스의 염동력에 끌려가는 오스카리나의 눈에, 저택 속에서 벌벌 떨고 있는 일가족의 모습이 들어왔다.

적시운과 같은 동양인들.

공포에 질린 아비와 어미가 어린아이들을 끌어안고 있었다.

"아, 이 얼마나 가족적인 모습인지."

퍼퍼퍼펑!

가족들의 머리가 차례로 터져 나갔다.

뱃속으로부터 솟구쳐 오른 비명이 오스카리나의 목젖을 때렸다.

"펠드로스!"

"예, 그게 제 이름이죠. 잊을까 봐 염려하시지 않아도 됩니다."

"어째서 어린아이들까지!"

"불쌍하잖아요, 부모 없는 세상에 남겨지면."

"그걸 말이라고……!"

풍광이 또다시 빠르게 돌변했다.

다음 순간 펠드로스는 또 다른 건물 앞에 있었다. 이번엔 척 봐도 튼튼해 보이는 복합 방공호, 터져 나간 저택과는 족히 수 ㎞는 떨어져 있는 장소였다.

"어디 보자. 이번 놈은 서열 7위? 그래도 조심성이 있는지 벙커에 숨었나 보군요."

"그들을 학살하는 게 당신의 임무야?"

"예, 좀 더 정확히 말하자면 요인 암살이죠."

오스카리나는 기가 막힌 얼굴로 고개를 돌렸다.

먼 방향에서 피어오르는 시커먼 연기가 완연했다.

"암살이라고?"

"목격자 없으면 암살이죠, 뭐."

콰드드드득!

특수 합금으로 이루어진 방공호의 외벽이 종잇장처럼 찢겨 나갔다.

펠드로스가 허공에 손짓하자 내부의 장벽과 여러 장치가 헤집어져선 허공으로 튀어 올랐다.

"끄윽, 끄흐으윽!"

이윽고 염동력에 들려 올라오는 중년인은 이미 목이 졸린 상태인지 얼굴은 시뻘겋고 두 눈은 툭 불거져 튀어나오기 직전이었다.

"음, 사진 보니 맞나 보네요. 사실 아니어도 상관없지만."

파각!

중년인의 온몸이 수백 조각으로 찢겨져선 터져 나갔다.

일말의 인간성조차 끼어들 여지가 없는 광경에 오스카리나는 이를 딱딱 부딪쳤다.

"악마……!"

"기왕이면 데몬 프린스(Demon Prince)라고 불러주시죠. 대충 저쪽 동네 애들한테는 그렇게 통하고 있거든요."

한가롭게 대꾸한 펠드로스가 픽 웃었다.

"그럼 다음 장소로 가실까요?"

“선배, 그냥 이대로 돌아가실 건가요?”

지상.

북경 지하 도시와는 수 ㎞ 떨어진 장소.

차수정은 적시운을 앞에 두고 설득 중이었다.

“단순히 말로 받아낸 맹세만으로는 부족해요. 구금까지야 지나치더라도 무언가 물질적인 대가를 취해야 해요. 담보가 될 만한 것으로요.”

“예를 들자면 어떤 것? 의원들의 가족이라도 볼모로 보내라고 할까?”

가족이란 말에 주춤한 차수정이었으나 이내 결의에 찬 표정을 지었다.

“필요하다면 그래야죠.”

“너 되게 독해졌구나.”

“선배가 너무 물러진 거예요.”

적시운은 피식 웃었다.

바로 그 순간 불길한 감각이 관자놀이를 스치고 지나갔다.

‘뭐지?’

10

"크아아아악!"

신체의 모든 구멍으로 비명을 쏟아내던 사내가 짓이겨진 고깃덩이가 되어선 널브러졌다.

펠드로스는 시큰둥한 눈으로 시체를 내려다보고는 손짓 한 번으로 분해해 버렸다.

"아, 이 짓도 계속하려니 식상해지는걸. 당신 생각은 어떤가요, 백작님?"

"넌 미치광이야."

"별로 현명한 대답은 아니군요. 전혀 미치지 않았지만 미쳤다는 말에 상처받을 사람에 대해서 생각 좀 해주시죠."

"적시운이 널 쓰러뜨릴 거야."

펠드로스의 움직임이 순간 경직됐다.

확연히 효과가 있었던 한마디였다 하지만 그것이 긍정적인 효과라고는 보기 어려웠다.

"그는 나보다 약해요. 그러니 나를 쓰러뜨리는 것도 불가능하죠."

"그렇다면 왜 진작 죽이지 못한 거지?"

펠드로스가 오스카리나를 돌아봤다.

백 마디의 저주보다도 훨씬 진한 살의가 그녀의 피부를 바늘처럼 찔렀다.

그 사실에 오스카리나는 작은 성취감을 느꼈다.

"나도 대강은 알고 있어. 이미 네가 적시운과 만난 적이 있다는 것을. 상황을 보건대 그를 어찌하지 못하고서 달아났을 테지. 안 그래?"

"아킬레스입니까, 그 새끼가 네년한테 떠벌린 거야?"

단 두 문장만으로 알 수 있는 격렬한 감정 변화였다. 이상황을 유도한 오스카리나는 펠드로스의 평정을 무너뜨렸다는 성취감보다도 거대한 공포에 입을 다물었다.

한마디만 더 했다간 그녀는 확실하게 죽는다. 펠드로스의 눈빛이 그렇게 말하고 있었다.

"……뭐, 좋아요. 뚫린 입이니 마음대로 지껄여 주시죠. 나중엔 그러고 싶어도 그러지 못할 테니."

"나를 죽일 거야?"

"아뇨, 당신을 죽이는 건 내 몫이 아닙니다."

"그렇다면 누구 몫인데?"

다시 분노를 갈무리한 펠드로스가 평소와 다름없이 미소 지었다.

"죽기 직전에 알게 될 거예요."

작은 바늘이 콧등 위에서 흔들리는 듯한 이질적인 느낌.

기감에 잡힐 정도는 아니었지만 적시운의 신경을 거스르기엔 충분했다.

"왜 그래요, 선배?"

표정을 읽은 차수정이 물었다.

뭐라 대답해야 할지 고민하던 적시운이 몸을 돌렸다.

"돌아가자."

"네?"

"신북경으로, 바로 돌아가야겠어."

'정말 가족들을 볼모로 삼으려고?'

그렇게 물으려던 차수정은 질문을 삼켰다. 적시운의 표정으로 추측건대 농담을 할 만한 상황이 아니었다.

"먼저 가세요. 저희도 곧바로 따라갈 테니."

적시운은 대답하지 않고 몸을 날렸다.

순식간에 멀어지는 그를 바라보던 차수정도 곧이어 경공을 펼쳤다.

"잠깐!"

남궁혁이 소리쳤다.

그가 무공을 소실했다는 걸 떠올린 그녀가 손을 내밀었다.

그녀가 본격적으로 속도를 올리고 있을 때 적시운은 이미 신북경에 도착한 뒤였다.

싱크 홀 안으로부터 연기가 피어오르고 있었다. 구멍의 규모와 깊이로 보건대 보통 큰 화재가 발생한 것이 아닌 듯했다.

'대체 누가?'

적시운은 다시 감각을 펼쳤다.

소란스럽게 우왕좌왕하는 기척들이 느껴졌다. 하지만 정작 그 혼란을 빚어낸 존재는 감지할 수 없었다. 그것은 지하 도시로 내려선 다음에도 마찬가지였다.

대규모의 파괴를 자행했음에도 기척이 느껴지지 않았다.

강력한 병기였다면 눈에 띄었을 테고 무공을 지녔다면 감지했을 터.

그렇다면 남은 것은 한 가지였다.

'이능력자!'

콰아앙!

얼마 떨어지지 않은 곳에서 폭발이 일었다. 단숨에 그쪽으로 날아간 적시운 앞에 익숙한 얼굴이 나타났다.

"너는……!"

"오랜만이군요, 적시운. 음…… 이런 인사는 어울리지 않으려나? 그리 오랜 시간이 지난 것은 아니니까요."

적시운은 대꾸하지 않았다.

펠드로스 옆에 우두커니 서 있는 여성을 훑어보느라 바빴기에.

"오스카리나?"

"두 사람, 구면이었습니까? 이 반역자 년을 선물로 드리려 했는데 김이 팍 샜네요."

의뭉스러운 미소를 지은 채 펠드로스가 말했다.

"천마신공을 사용했다면 임무에 들어가기도 전에 간파당했겠죠. 그래서 이능력만 사용했습니다. 아시다시피 이능력만 놓고 보자면 내가 당신보다 압도적으로 우월하거든요."

"너! 대체 무슨 짓을 벌인 거지?"

"이런 짓이죠."

펠드로스가 무언가를 던졌다.

묵직한 물체가 적시운의 발치에 떨어져선 걸쭉한 액체를 튀기며 굴렀다.

"……!"

피 범벅이 된 사람의 머리통.

그곳에서 흘러나오는 핏물에는 아직 분명한 온기가 남아 있었다.

"그 작자는…… 그러니까, 현 주석이라던가? 원래는 중화당의 서열 2위였다더군요. 출세했는데 안타깝게 됐지 뭡니까."

중화당 주석 조군동, 그를 회의장에서 만난 것이 1시간도 채 되지 않은 일이었다.

그 짧은 사이에 저런 꼴이 되어버린 것이다.

"중화당 의원들을 죽인 거냐?"

"그랬지요. 원래 계획보다는 약간 모자라지만, 알짜배기들은 모두 처리했습니다."

"대체 무슨 생각이지?"

"당신을 도와주려는 거죠. 이 비대하고 게을러빠진 나라의 잡놈들을 지배할 기회를 주려는 겁니다."

"개소리."

쿠구구구!

천마신공의 기운이 혈관을 타고 질주했다.

마음에 드는 자들은 아니었지만 이렇게 처참히 죽어야 할 자들도 아니었다. 게다가 펠드로스의 말이 거짓이란 것은 의심할 것도 없었다. 수뇌부를 모두 잃은 국가가 어떻게 될지는 뻔한 것이었으니.

분노만큼이나 거대한 섬뜩함이 등골을 타고 흘렀다.

만약 놈이 향했던 곳이 신북경이 아닌 신서울, 혹은 과천 특구였다면…….

'죽여야 한다!'

오늘 이 자리에서, 반드시.

"생각하는 것이 얼굴에 훤히 드러나는군요. 나를 죽이고 싶겠지요? 당장 여기서 처리해야 안심이 될 것 같지요?"

"잘 아네. 그러니 얌전히 죽어줄 테냐?"

"설마요. 차라리 지금 당장 당신네 집으로 날아가 어미와 딸년들을 짓이겨 버리는 게……."

쾅!

적시운이 땅을 박찼다.

단번에 펠드로스를 꿰뚫어버릴 기세였으나 실제로 그러지는 못했다.

펠드로스가 오스카리나를 방패로 삼았던 것이다. 염동력으로 치우려 했으나 펠드로스의 힘이 더 강했다. 그렇다고 무공을 쓴다면 오스카리나를 다치게 할 공산이 컸다.

아마도 펠드로스가 그녀를 데려온 것은 이것을 계산에 넣은 행동일 터였다.

그 사실이 의미하는 바는 하나였다.

"나를 두려워하는군. 여자를 앞세워 방패막이로 써야 할 만큼."

여유가 넘치던 펠드로스의 눈썹이 순간 꿈틀댔다.

여전히 가면 같은 미소를 짓고 있었지만 어딘지 모르게 경직된 얼굴이었다.

적시운은 놈의 눈동자에서 분노가 이글거리는 것을 알 수 있었다.

"마음 같아선 당신이 보는 앞에서 발가벗은 여동생과 누나의 몸을 핥고 싶어요."

"그러기 전에 네 혓바닥이 잘릴걸."

"내가 머저리라서 당신네 가족들을 건드리지 않는 게 아닙니다. 그저 황제께서 명령하지 않으셨기에 따르지 않을 뿐."

"그럴 테지. 넌 충직한 황제의 애완견이니까. 아마 볼일도 황제의 허락을 맡고서 봐야겠지?"

적시운의 노골적인 도발에 펠드로스의 낯빛이 붉어졌다. 예상보다도 그의 정신이 불안정하고 약하다는 것에 오스카리나는 적잖이 놀랐다.

"내게 그따위로 말해서는 안 돼요. 혀를 뽑히고 눈알도 뽑히고 싶지 않다면."

"할 테면 해봐. 그러려고 온 거 아닌가? 아, 미안. 여자를 방패로 내세우는 녀석에게 무슨 말을 하는 건지 모르겠군."

"죽음을 자초하는군, 적시운."

"지난번에 나한테 한 방 먹은 적이 있었지? 아무렇지도 않은 척했지만 나는 알고 있지. 네놈이 질펀하게 코피를 쏟아냈으리라는 걸."

"팔다리를 모조리 잘라줘야 그 주둥이를 닥칠 거냐?"

펠드로스의 가면이 완전히 벗겨졌다. 별것 아닌 사실에 어린아이처럼 분노하는 그의 모습은 기괴하다 못해 공포스럽기까지 했다.

적시운은 타이밍을 가늠했다.

이능력으로 이길 수 없더라도 천마신공이 있었다.

최적의 타이밍에 절초를 꽂아 넣으면 된다.

그러기 위해 필요한 것은 자그만 틈뿐.

펠드로스가 조금만 더 이성을 잃는다면 의외로 손쉽게 쓰러뜨릴 수 있을지도 몰랐다.

"……하지만 그럴 수가 없어."

펠드로스가 돌연 중얼거리더니 적시운을 향한 분노를 거두었다. 급작스러운 감정의 기복에 오스카리나뿐만이 아니라 적시운도 놀랐다.

"황제께서 그렇게 명령하셨으니까."

"뭐라고?"

"중화당의 간부들을 죽여라. 하지만 적시운과 충돌해선 안 된다. 놈의 가족들을 건드려서도 안 된다. 너는 오직 내가 내린 명령만을 따라야 한다……."

두서없이 중얼거리던 펠드로스가 빙긋 웃었다.

마치 조금 전까지의 숨 막히는 분노는 가짜였다는 것처럼, 그러나 눈빛에 서린 노기만큼은 숨기지 못했다.

"이만 물러가겠습니다. 제 임무는 여기까지예요. 마음 같아선 당신의 심장을 뽑아 바비큐라도 해먹고 싶지만……."

"누가 달아나게 둘 것 같나?"

"달아난다고, 내가? 이 펠드로스가!"

걸쭉한 침과 함께 터져 나오는 노호성.

간신히 뒤집어쓴 가면이 산산이 깨지고 광기 어린 얼굴이 다시 튀어나왔다.

"나는 네놈이 두렵지 않아, 나는 네놈보다 약하지 않아! 황제 폐하를 제외한 어느 누구도 내 위에 설 수 없어! 내가 바로 펜타그레이드, 나야말로 진정한 펜타그레이드다!"

쩌렁쩌렁한 외침이 연기를 흩어내며 퍼져 나갔다.

내공이 담겨 있는 사자후였던 만큼 오스카리나가 입으로 선혈을 흘리며 비틀거렸다.

"돌아가는 대로 폐하께 간청을 드릴 거다. 네놈을 죽이라는 명령을 내려 달라고, 그 무엇보다도 기쁜 마음으로 너를 죽여 대령하겠노라고! 그러니, 빌어먹을……. 그때까지 기다려, 내가 네놈을 죽이러 오는 그 날까지, 네 숨통이 끊어지게 될 마지막 순간까지!"

"아악!"

오스카리나의 몸이 갑작스레 어딘가로 날려졌다.

실로 무시무시한 속도, 내버려 두면 철골에 부딪혀 산산조각이 날 것이었다.

적시운이 멈추려 했지만 염동력은 무용지물이었다. 할 수 없이 직접 신형을 날려 그녀를 뒤쫓았다.

그사이 펠드로스가 반대 방향으로 날아올랐다. 적시운의 시우보에 버금갈 만한 스피드였다.

"나는 달아나는 게 아냐, 네놈이 두려워서 도망치는 게 아니라고! 오늘 승리한 것도 네놈이 아닌 바로 나, 펠드로스 님이다. 그 사실을 기억해 둬!"

펠드로스가 고래고래 소리를 지르며 멀어졌다. 오스카리나를 적시운이 받아냈을 땐 이미 희미한 점으로 보일 만큼 멀어진 뒤였다.

'쫓아갈까?'

그런 마음이 들었으나 이내 포기했다.

서로의 속도를 감안했을 때 전력으로 뒤쫓더라도 태평양 중앙쯤 가서야 따라잡을 수 있을 듯했다.

게다가 신북경을 그냥 내버려 둘 수도 없었다. 정말 펠드로스가 중화당 수뇌부를 몰살시킨 거라면 누군가는 그 이후의 혼란을 수습해야 했다.

"미안해."

오스카리나가 중얼거렸다.

괜찮다고 대답하려던 적시운은 그녀의 입에서 넘쳐 나는 피를 보고는 흠칫했다.

'사자후!'

적시운은 황급히 그녀의 복부에 손을 얹고는 내공을 흘려

넣었다.

기운을 불어넣고 기혈을 안정시키려는 것이었으나, 그녀의 몸속에는 적시운이 미처 깨닫지 못한 불순물이 있었다.

복부 안쪽, 창자에 부착되어 있는 무언가……. 아마도 오스카리나 본인조차 눈치 채지 못하게 이식되었을 물건, 특정한 외부 자극에 반응하는 폭탄이었다.

"……!"

적시운의 눈에 경악이 서렸다.

오스카리나는 그 눈빛을 보고서 본능적으로 무언가를 깨달았다. 펠드로스가 했던 말의 의미에 대해서도.

체념한 그녀가 지그시 눈을 감았다.

팟!

또 한 번의 폭발이 지하 도시 한가운데에서 터져 나왔다.

태평양을 향해 펼쳐진 창공.

분을 삭이지 못한 채 씩씩거리던 펠드로스가 돌연 잔인한 미소를 머금었다.

"그러게 내가 말했잖아, 내가. 네년과 네놈에게 말이야."

11

천무맹을 절멸시키지 않은 것, 그리고 남궁혁을 데려온 것은 결과적으로 신의 한 수가 되었다.

차수정과 함께 온 그는 남아 있는 천무맹의 인력을 모조리 활용해 신북경의 혼란을 가라앉혔다.

물론 쉬운 일은 아니었다. 안 그래도 지난 전쟁의 공포가 채 가시지 않은 신북경이었다.

펠드로스가 벌인 파괴 행각은 무자비했고, 지하 도시는 되살아난 공포로 인해 통제 불능에 빠졌다.

적시운은 권창수에게 사태의 전말을 알리고서 신서울로 귀환했다.

격렬한 분노와 불안감, 그리고 한때는 인간의 육신이었던 한 줌의 재와 함께였다.

"선배에게 있어 소중한 사람이었나요?"

적시운이 돌아보자 차수정의 눈빛이 흔들렸다.

"죄송해요. 제가 괜한 질문을 한 것 같네요."

"가족들만큼은 아니었어."

나직이 대답한 적시운이 주먹을 쥐었다.

"하지만 죽음 앞에서도 무심할 만큼 거리가 먼 사이도 아니었지."

"죄송해요, 선배."

적시운은 괜찮다는 의미로 손을 내저었다. 차수정이 괜한 질문을 했다며 자책하는 사이에 몇몇 사람이 회의장으로 들어섰다.

헨리에타를 비롯한 데몬 오더의 수뇌부였다.

현재의 데몬 오더는 명실공히 아시아 최고의 길드가 되어 있었다. 규모만 봐도 처음 발족했을 때의 3배나 커졌다. 주작전과 천마신교를 흡수함으로써 양과 질 양면에서 적수를 찾을 수 없게 되었다.

사실상 현시대의 천마신교나 마찬가지였다. 물론 그 성격은 판이하게 달랐지만 말이다.

가볍게 묵례를 한 심자홍이 입을 열었다.

"가족분들의 호위 병력을 배로 늘렸어요. 주작전에서도 최정예만 골라 배치했습니다."

"별 효과는 없을 거야. 황제나 놈이 진심으로 마음먹는다면 주작전 전원이 나서더라도 막을 수 없을 테니까."

"그렇더라도 아예 없는 것보다는 낫겠지요. 당신께서 돌아오실 때까지 1초라도 시간을 더 끌 수 있을 테니."

"그렇군. 괜한 말을 해서 미안해."

"어떤 말씀을 하시더라도 괜찮습니다. 우리들 주작전은 이미 오래전에 당신의 손에 운명을 맡겼으니까요."

적시운은 가볍게 고개만 주억거렸다.

심자홍의 곁에 서 있던 밀리아가 가슴을 탕 쳤다.

“저도 세연이 곁에 남아 있을게요.”

“아니.”

적시운은 단호히 고개를 저었다.

“너희는 따로 해야 할 일이 있어. 아마 데몬 오더의 전원이 필요할 거야. 심자홍의 배려는 고맙지만, 아마 주작전 무사도 모두 필요할 것 같다.”

“그래도 괜찮겠어?”

헨리에타가 입을 열었다.

“정말 가족들의 곁에 아무도 두지 않아도 되겠어?”

“솜씨 좋은 텔레패스와 연락관을 둘 거야. 낌새가 이상하면 언제라도 내게 연락할 수 있도록. 신호를 받으면 언제 어느 곳에서라도 날아갈 수 있게끔.”

“저희가 해야 할 일은 무엇인가요?”

엘레노아가 물었다.

적시운은 실내의 모두를 한차례 돌아보고는 말했다.

“펠드로스가 단순히 나를 골려먹으려고 신북경에 온 것은 아닐 거야.”

“중국을 마비시키려 한 거겠죠. 중화당의 수뇌부가 풍비박산 났잖아요. 어쩌면 그 혐의를 시운 님께 씌워서 그들과 우리

간에 내분을 일으키려는 걸지도 몰라요."

"그것도 물론 가능성 높은 시나리오지만, 엘레노아. 내 생각에 궁극적인 목적은 아니었을 거라고 생각해."

"그럼 놈들의 목적이 뭐라고 생각하는데?"

적시운은 헨리에타를 돌아봤다.

"시간을 벌려는 거지."

"전쟁 준비를 할?"

"일반적인 관점의 전쟁 준비 따위는 놈들에게 필요 없어. 놈들은 언제라도 싸울 병력을 충당할 수 있으니까."

"차원 게이트……!"

적시운은 고개를 끄덕였다.

"중국 대륙은 넓어. 단순 면적만 남한의 96배에 달하지. 험준한 지형도 많고, 그걸 일일이 수색할 인력은 턱없이 부족해."

"차원 게이트를 열어 두기에 최적의 환경이라는 거군요. 우리에게 발각되지 않고서요."

차수정의 목소리가 가늘게 떨렸다.

다른 사람들의 얼굴도 차례로 심각해졌다.

"하지만…… 그게 말처럼 쉬운 일이겠어?"

헨리에타가 운을 뗐다.

"대양을 넘어와서 대륙 곳곳에 술진을 깔아둔다는 게 말이야."

"소용돌이 밑바닥에도 깔아놓았는데 다른 곳이라고 어려울까?"

"그건…… 그렇네. 그럼 당신이 말한 그 남자가 술진을 깔아둔 걸까? 펠드로스 말이야."

"그럴지도."

펠드로스의 이름이 나오자 적시운의 눈동자에 희미한 분노가 스쳤다.

그 의미를 알고 있는 헨리에타는 안타까움을 느꼈다.

"아니면 다른 녀석들이 더 있는지도 모르지. 아무래도 김은혜에게 좀 더 자세히 물어봐야 할 것 같아."

"그럼 당신이 연상의 여인과 데이트하는 동안 우리는 무얼하면 될까? 들러리 노릇은 제외하고 말이야."

분위기를 조금이라도 누그러뜨리려는 농담.

그녀의 의도를 알았기에 적시운은 억지로나마 웃는 표정을 지어 보였다.

"주작전과 천마신교의 모든 인원은 중국으로 가도록 해. 도시 근처의 땅을 중점적으로 술진을 찾아서 파괴하도록 해."

"이미 마수들이 전이된 다음이라면?"

"지휘관에게 판단을 맡기지. 싸워 이길 수 있을 것 같다면 그렇게 해. 하지만 힘들거나 애매하다면 두 번 생각하지 말고 무조건 달아나."

"우리나라는요, 선배?"

"나머지 데몬 오더 전투원들이 한반도를 수색하면 돼. 경상도와 전라도는 임성욱에게 맡길 거다. 우리는 중부와 북부를 중점적으로 수색하면 되겠지."

"알겠어요."

"태평양 너머 적들의 동향도 살펴봐야 하지 않을까요?"

"그러기엔 인력이 부족해."

언제라도 대양을 무리 없이 넘어갈 수 있는 것은 적시운밖에 없다.

하지만 그는 한반도를 비울 수 없었다.

그가 이곳을 비운 순간 언제라도 북미 제국 측에선 비수를 꽂을 수 있을 테니까.

정보전에서 확연히 밀리는 상황이 답답하지만 일단은 인내하며 버티는 것이 정답이었다.

회의를 마친 적시운은 권창수를 찾아갔다. 몇 가지 물어볼 것이 있었기 때문이다.

"감시 위성 말입니까?"

"예, 북미 대륙을 조금이라도 염탐할 수단이 필요합니다. 가능하다면 사람을 풀고 싶지만 그게 여의치 않으니 위성이라도 사용할 수밖에요."

"군사 위성이 몇 기 있기는 합니다. 그거라면 저들이 사용하는 웹 데이터에 접근하는 것은 물론, 지상 사진을 찍어 보낼 수도 있을 겁니다."

"가용할 수 있는 만큼 모조리 사용해 주십시오."

"알겠습니다. 정보가 들어오는 대로 즉각 보고하겠습니다."

대화를 마친 적시운이 몸을 돌렸다.

평소보다도 서두르는 느낌이었다. 아마도 신북경에서 벌어진 일과 관련되어 있을 거라고 권창수는 생각했다.

"……."

집무실을 나온 적시운의 표정은 잔뜩 일그러져 있었다.

오스카리나의 몸속으로부터 터져 나온 광채, 그 빛의 흔적이 아직까지도 망막에 새겨져 지워지지 않은 것만 같았다.

자신을 응시하다가 지그시 눈을 감는 그녀의 얼굴도, 달아나며 광소를 터뜨리던 펠드로스의 낯짝도…….

'날 열 받게 하려는 게 목적이었다면, 놈은 제대로 성공한 것 같아.'

[놈이 노린 건 자네의 분노가 아니라 불안이야. 그리고 훌륭히 성공했지.]

'훌륭하다고?'

[냉정한 자네가 별것 아닌 말에 발끈할 정도라면 훌륭히 성공했다고 할 수 있지 않겠나?]

'……'

[냉정을 찾게. 본좌도 그 황제란 놈의 꿍꿍이는 잘 모르겠지만…… 어쨌든 놈은 아직 자네의 가족들을 노릴 생각이 없어.]

'앞으로도 계속 그럴지는 모르는 거잖아.'

[황제 본인이라면 모르겠지만, 그 허여멀건 놈이라면 충분히 대응할 수 있네. 지금의 자네라면 말이지.]

딱 잘라 말한 천마가 잠시 후에 덧붙였다.

[그 염동력이란 것을 보완한다면 더욱 좋겠지만 말일세.]

보완할 방법은 이미 마련되어 있었다.

판데모니엄에서 긁어모은 아포칼립틱 코어, 바빴던 탓에 미처 흡수하지 못했지만 언제든지 사용할 수 있을 터였다.

다만 지금은 코어의 흡수보다도 급한 일이 있었다.

[일단은 설천녀부터 만날 생각인가?]

'김은혜를 만나보긴 해야겠지. 하지만 그 전에 해야 할 일이 있어.'

[해야 할 일?]

"내가 떠올릴 수 있는 거라면 황제도 떠올릴 수 있겠지. 아니, 아마 나보다도 오래전에 생각했을 거야."

적시운은 상공을 향해 신형을 날렸다.

쿠구구구!

적시운은 단번에 고도 70㎞ 높이까지 치솟았다. 대다수의 군사 위성이 공전하는 고도였다.

공기가 희박한 만큼 호흡은 버겁고, 하늘의 빛깔도 완연한 검은색이었다.

그와는 대조적으로 어디나 황토색이던 대지는 푸른빛으로 빛나고 있었다.

익히 알고 있는 세상의 바깥, 멀리 바라본다면 지구의 윤곽선이 보일 지경이었다.

생명의 신호를 조금도 찾을 수 없는 낯선 세계, 초월자의 고독함을 이해해 줄 것만 같은 공간이었다.

이 공간의 온도는 대략 영하 80에서 90도가량이었다. 일반인은 견디기 힘든 혹한이었지만 이미 한서불침의 영역에 들어선 적시운에겐 위협적이지 않았다.

희박한 공기 역시 초월자인 적시운에겐 그리 큰 장애가 되지 못했다.

"……."

적시운은 성층권과 열권의 사이, 중간권의 한복판에서 기감을 펼쳤다. 물론 군사 위성이 내공을 보유했을 리는 없다. 그렇기에 적시운은 내공이 아닌, 공기의 움직임에 집중했다.

무언가가 움직일 때 생겨나는 미세한 기류, 그 흐름의 끝을 향해 기감을 집중했다.

먼 방향에서 무언가가 흘러간다.

적시운은 단번에 그쪽으로 쇄도했다.

이윽고 태양판의 날개를 활짝 펼친 인공위성을 발견할 수 있었다. 선명하게 빛나는 북미 제국의 문양과, 무닌(Munnin)이라는 이름이 새겨져 있었다.

적시운과 가족들을 감시해 온 위성이었다. 그 사실을 알지는 못했지만 어느 정도는 예상할 수 있었기에, 반사적인 적개심이 적시운으로부터 흘러나왔다.

하지만 단번에 위성을 파괴하진 않았다. 부수는 것보다는 회수하는 쪽이 여러모로 유용할 터였기 때문이다.

역이용한다거나 데이터를 빼낼 수 있다면 금상첨화. 하지만 설령 수확이 전혀 없더라도 이 자리에서 부수는 것보다는 나았다.

적개심을 가라앉힌 적시운이 인공위성을 붙들었다. 그리고 지상을 향하여 강하했다.

"오스카리나 백작이 죽었습니다."

아킬레스의 눈동자가 흔들렸다.

그러나 그 이상 동요를 비치진 않았다.

약점을 잡힐 수 있다는 이유도 있었지만, 그보다는 펠드로스가 기뻐할 일을 하고 싶지 않다는 생각이 훨씬 더 컸다.

물론 펠드로스도 그런 아킬레스의 생각은 너무나 잘 알고 있었다.

그 사실이 펠드로스의 가학심을 한층 자극했다.

"그녀는 용서받을 수 없는 반역자였지만, 최후의 순간만큼은 제국을 위하여 목숨을 바쳤습니다. 자신의 생사를 도외시한 자살 특공으로 적시운에게 타격을 입혔지요."

"……."

"그녀는 폭탄을 몸에 품고서 적시운에게 달려들었습니다. 놈을 저승길의 길동무로 삼고자 한 숭고한 선택이었지요. 비록 폭탄의 불길은 놈을 그을리지도 못했겠지만, 그녀의 의지는 놈에게 큰 타격을 주었을 겁니다."

"내게서 무슨 말을 듣고 싶은 건가, 펠드로스?"

"그냥요. 아킬레스 님께서 좀 더 자세한 이야기를 듣고 싶어 하실 것 같아서요."

아킬레스는 대꾸하지 않고 침묵했다.

다시금 재개된 펜타그레이드 회합에서 펠드로스의 태도는 지난번과 판이했다, 자세한 내막을 모르는 드라칸과 아몬조차 감지할 만큼.

언제 터질지 모르는 폭탄과 같은 존재.

지금의 펠드로스가 바로 그러했다.

12

옛 서울시 외곽에는 여러 개의 방공호가 설치되어 있었다.

원래는 핵전쟁을 대비하여 만들어진 공간들은 마수 전쟁을 겪으며 사람들의 기억에서 잊혔지만, 후에 한국 정부의 발굴 작업을 통해 몇 곳이 발견되었다.

김은혜가 향한 곳은 그중 하나였다.

적시운의 호출로 모셔지게 된 것이다.

그녀는 먼지가 자욱한 방공호의 복도를 걸었다. 복도 끝에 다다르니 방이 하나 있었다. 그녀는 살짝 열린 문틈 너머로 걸음을 내디뎠다.

"저를 부르셨다고 들었어요."

"응, 웬만해선 내가 가려고 했는데 그럴 시간이 없을 것 같아서."

보통은 그 반대라고 봐야 할 것이다.

김은혜가 적시운의 집으로 오는 것보다는 적시운이 김은혜에게 날아가는 쪽이 수천 배는 빠를 테니까.

하지만 지금은 그렇지 않았다. 운기조식을 하면서 격하게 움직인다는 것은 적시운에게도 불가능한 일이었던 까닭이다.

"대화를 나누는 건 가능하신 모양이군요. 그래도 일단 운기

조식이 끝나길 기다리는 게 낫겠어요. 자그만 실수에도 주화입마의 가능성이 있으니까요."

"괜찮아. 대부분은 그가 맡고 있거든."

"그라면……?"

"천마."

김은혜의 눈빛이 희미하게 흔들렸다.

"그렇군요."

"응, 가능한 놈과의 격차를 줄여야 하니까."

김은혜는 적시운이 말하는 '놈'이 황제일 거라 생각했다. 하지만 이어지는 말을 듣고는 그게 아님을 깨달았다.

"펠드로스에 대해 얼마나 알고 있지?"

"유성의 그림자. 펜타그레이드의 일원이죠. S랭크 염동술사이며……."

"황제의 제자이기도 하지."

김은혜의 눈동자가 흔들렸다, 조금 전의 미동과는 비교할 수도 없을 만큼.

"그가…… 무공을……?"

"천마신공."

"황제가 그를 직접 가르쳤다는 건가요?"

"그렇겠지. 황제 말고도 놈에게 천마신공을 전수할 사람이 또 있다면 모르겠지만."

김은혜가 손가락을 입에 물었다.

"천마신공은 일인전승의 무공이에요. 천마는 제자를 기르지 않아요. 오직 후계자로 점찍은 이에게만 천마신공을 전수하죠."

"황제가 놈을 후계자로 점찍은 모양이지. 나라면 그런 미친 놈에게 미래를 맡기진 않겠지만."

"있을 수 없는 일이에요. 천마신공은 일반적인 무공처럼 가르침으로써 전수되는 무공이 아니에요."

"가르치지 않으면 어떻게 전수한다는 거지?"

"적시운 님은 어떻게 천마신공을 전수받으셨죠?"

"격체신진술……."

"그래요. 천마신공의 전수는 곧 전대 천마의 죽음을 뜻하죠. 최후가 왔음을 감지했을 때 천마는 후계자를 불러 자신의 모든 지식을 전수해요. 마지막 남은 수명을 연료 삼아서요."

"그러니 천마의 제자라는 것은 존재할 수 없어요."

"하지만 나는 놈이 천마신공을 펼치는 걸 똑똑히 봤어."

"그것은……."

김은혜가 대답하지 못하자 적시운이 대신 말했다.

"당신이 알고 있는 천마는 수백 년 전의 인물이야. 지금 우리 앞에 놓인 것은 북미 제국의 황제고. 그 둘 사이엔 상당한 차이가 있다고 생각해."

"물론…… 그렇지요."

"긴 시간이었잖아, 케케묵은 신조를 뒤엎기에 충분할 만큼."

"당신 말씀이 맞는 것 같네요. 하지만 설마 펠드로스가 황제의 제자였을 줄은 꿈에도 몰랐어요."

김은혜는 씁쓸히 고개를 저었다.

"그에 대해 많은 것을 알고 있다고 생각했는데 그렇지만도 않았던 모양이에요."

"어느 누구도 타인을 완벽하게 이해할 순 없는 법이니까. 당사자가 되어보지 않는 한은 말이야."

"그렇군요."

김은혜는 엷은 미소를 띠었다.

"데몬 오더를 중국에 파견했다고 들었어요."

"주작전과 천마신교만. 오리지널은 여기 남아서 한반도의 중부와 북한 쪽을 수색하게 될 거야."

"수정 양이 이끄는 사람들 말이지요? 원래는……."

"특무부 소속 요원들이었지. 그렇지 않은 녀석들도 있긴 하지만."

"그들도 중국으로 보내세요."

"이유는?"

"한반도에는 그랜드 샤먼들이 오지 않았어요."

"그랜드 샤먼?"

“옛 사교의 술법들을 전수받은 방술사(方術士)들이죠. 그들이 차원 게이트의 술진을 설치해요.”

“그들이 한반도에 오지 않았다는 건 어떻게 알지?”

“왔다면 시운 님이 감지하셨을 거예요. 술진은 필연적으로 강력한 힘을 발하게 되어 있으니까요. 악취를 풍기는 스컹크처럼요.”

“좁아터진 한반도라면 충분히 느낄 수 있는 수준이지만 드넓은 중국이라면 다르다는 거군.”

“정확해요.”

“그럼 신북경 근처는 수색 범위에서 제외해도 되겠군. 그곳에 갔을 때 딱히 감지한 게 없었거든.”

적시운은 빙긋 웃었다.

“벌써 한 가지 이득을 보았군. 고마워.”

“천만에요.”

“가능하면 술진을 추적하고 구분할 방법을 좀 일러주지 않겠어? 지휘관급에게만 말해두면 될 거야.”

“그럴게요. 혹여 더 필요하신 게 있나요?”

“응, 이건 내가 아니라 천마가 요구한 건데…….”

적시운이 말하기를 주저했다.

그 이유를 알고 있는 김은혜가 담담히 웃어 보였다.

“저는 괜찮아요. 그분이 제가 아는 사람과는 다르다는 것쯤은 충분히 알고 있습니다."

"아, 그래. 어쨌든…… 지금부터 할 일이 제법 위험한 것 같아. 만약을 대비해 곁에 있을 사람이 필요하다더군. 충분한 능력을 갖췄으며 내가 신뢰할 수 있는 사람이 말이야."

"그 위험한 일이란 무엇이지요?"

적시운이 눈짓을 했다.

고개를 돌린 김은혜는 책상 위에 놓인 큼직한 주머니를 발견했다.

"그걸 열어봐."

김은혜는 시키는 대로 했다.

주머니는 보이는 것 이상으로 무거웠다. 주둥이를 열어본 김은혜는 그 이유를 이해했다.

"아포칼립틱 코어로군요. ……그것도 매우 많은."

"급히 먹으면 체하겠지. 근데 그걸 알면서도 목구멍에 쑤셔 넣어야 할 입장이란 말이지."

김은혜가 돌아보자 적시운은 어깨를 으쓱했다.

"리바이어선의 코어까지 부산에서 가져왔어. 너희 거니까 알아서 써먹으라고 말해놓은 주제에 좀 면목이 없긴 하지만, 어쩔 수 없지."

"이것을 전부 흡수할 생각이신가요?"

"아니."

적시운은 담담히 말했다.

"그보다 많이."

"시운 님?"

"멀뚱히 서 있지 말고 들어오도록 해."

문이 열리고 차수정이 들어 왔다.

김은혜에게 묵례를 한 그녀가 불안한 눈으로 적시운을 돌아봤다.

"문밖에서 엿듣는 것보단 들어와서 대놓고 듣는 게 낫지 않아?"

"두 분의 대화를 방해하지 않으려 한 것뿐이에요."

"언제부터 그렇게 예의 발랐다고? 어쨌든 가져오라는 건 가져왔어?"

"그래요."

철퍽 하는 소리와 함께 묵직한 주머니가 바닥에 놓였다.

책상 위에 있던 것의 배는 됨직한 크기였다.

"설마 그것까지도……?"

"시중에 나와 있는 모든 매물을 긁어모으라고 했지. 암시장 쪽 물건들까지. 덕분에 돈은 좀 깨지긴 했지만."

"시운 선배 좀 말려주세요."

차수정이 다급히 말했다.

"자칫하면 주화입마 정도가 아니라 목숨이 위험해질지도

몰라요."

"주화입마도 목숨이 위험하긴 마찬가지야."

적시운이 투덜거렸다.

"그렇게 되지 않으려고 두 사람을 부른 거고."

"그러니 우리 둘이서 선배를 설득하면 되겠네요. 미친 짓은 그만두라고요."

"바가지 긁는 부길마 역할은 충분히 했지? 그럼 시작하자고."

"제가 지금 장난치는 걸로 보여요, 선배?"

"전혀."

적시운은 딱 잘라 말했다.

"나도 아냐."

혼자선 설득할 수 없다.

그 사실을 절실히 느낀 차수정이 김은혜를 돌아봤다.

하지만 그녀의 바람과 달리 김은혜는 적시운을 말리지 않았다.

"시운 님은 이미 마음을 정하셨어요. 저나 수정 양이 천 마디의 말로 설득해도 절대 마음을 돌리지 않을 거예요."

"하지만……!"

"코어 흡수는 위험천만한 일이죠. 정교한 특수 장치의 도움을 받더라도 말이에요. 하지만 무공을 익힌 사람이라면 얘기가 달라요. 내단을 흡수하는 감각과 거의 일치하니까요."

"그렇더라도 저건 너무 많잖아요!"

차수정의 언성이 기어코 커졌다.

"S급 코어만 20개가 넘어요! A급 코어는 일일이 세기도 어려울 정도고요. 지금 선배가 지닌 내공을 모두 합쳐도 저 정도는 되지 않을 거예요. 저런 힘을 단전에 받아들였다간……!"

"단전이 아냐."

"단전이 아니에요."

적시운과 김은혜가 동시에 대꾸했다.

"시운 님은 랭크 업을 하려는 거예요. 그렇죠?"

"그래."

"이 정도의 코어 숫자라면…… 단번에 S급까지 돌파하실 생각이시군요."

"가능할까?"

"에너지 손실률을 60퍼센트 이하로 유지한다면요. 물론 쉬운 일은 아닐 거예요. 기존의 코어 에너지 흡수율은 대략 얼마였죠?"

"그것까진 잘 모르겠는데."

"높아 봐야 40퍼센트 언저리였을 거예요. 기계를 이용한 흡수의 경우엔 20퍼센트를 넘기는 게 기적이죠."

"더블 S급까지 다다르려면 어느 정도여야 할까?"

김은혜가 잠시 멈칫했다.

"……흡수율 80퍼센트, 다시 말해 에너지 손실률이 20퍼센트 미만이어야 해요."

"그렇군."

"설마 흡수율 80퍼센트를 노리려는 건 아니겠죠?"

"목표는 높게 잡을수록 좋은 거잖아? 100점을 목표로 공부해야지 설령 실패하더라도 80점 정도는 받게 되는 법이야."

"목표만 높게 잡는다고 무조건 더 잘 되란 보장도 없는 거예요. 때로는 현실적인 목표가 더 나은 결과를 낫는 법이랍니다."

"좋아, 그럼 중간인 60퍼센트를 목표로 잡자고."

김은혜는 더 설득하기를 포기했다. 애초에 적시운이 마음을 돌리지 않을 거라고 말했던 것은 다름 아닌 그녀였다.

아포칼립틱 코어들이 적시운의 발치에 와르르 쏟아졌다.

가부좌를 튼 적시운이 본격적으로 명상에 들어갔다. 김은혜는 차수정을 그 뒤에 앉히고는 적시운의 등허리에 손을 얹게 했다.

"제가 말하기 전까진 절대 내공을 끌어 올려선 안 돼요. 자칫 코어 에너지가 수정 양에게로 흘러들게 되면 돌이킬 수 없게 돼요."

"만약 그러면 어떻게 되는데요?"

"수정 양의 육체는 그 힘을 감당할 수 없을 거예요. 아마도…… 갈가리 찢겨 나가겠죠. 일말의 가감도 없이."

차수정이 마른침을 삼켰다.

"제가 해야 할 일은 뭐죠?"

"흡수 과정에서 주화입마의 가능성이 보이면 설하유운공의 기운을 불어넣어 순환을 보조하게 될 거예요. 제가 이끄는 대로 내공을 제어한다면 어느 누구도 다치지 않을 겁니다."

"그게 가능한 일인가요? 선배와 제 기운의 성질은 판이하게 다르잖아요."

"다른 심공이라면 엄두도 내지 못할 일이죠. 하지만 설하유운공이라면 얘기가 달라요. 정확히는 제가 개량한 설하유운공이라고 해야겠죠."

"개량하셨다고요?"

"그래요. 천마신공의 이점을 받아들여 개량해 두었어요. 만약……."

잠시 침묵하던 김은혜가 말했다.

"나와 그 사람의 아이가 태어난다면, 우리 둘의 무공을 모두 전수해 주기로 약속했었거든요. 그날을 위해 우리 둘의 무공을 조금씩 개량해 두었었죠."

차수정이 난색을 했다.

"죄송해요. 제가 괜한 말을……."

"아뇨, 자책하지 않아도 된답니다. 지금은 이것에만 집중하죠."

적시운은 이미 명상에 들어간 상태.

지금부터는 두 사람 모두 적시운의 몸을 예의 주시해야 했다.

우우우웅.

바닥에 놓인 코어들이 공명하기 시작했다. 생각보다도 빠른 반응이었다.

차수정은 긴장한 얼굴로 심호흡했다.

제60장
한미전쟁(1)

1

선전포고가 제국 내에도 알려졌다.

그러나 대다수 제국 신민에겐 뜬금없는 이야기일 뿐이었다. 그들 중 거의 대부분이 북미 제국 이외의 나라가 존재한다고 생각조차 못 했었기 때문이다.

그리고 그것을 진실인 양 가르쳐 왔던 것은 다름 아닌 북미 제국, 다시 말해 선전포고는 곧 제국이 그동안 학습시켜 온 것들이 거짓임을 자인하는 행위였다.

"하지만 아무도 그런 사실에 의문을 제기하거나 분노하지 않지. 황제가 그렇다면 그런 거니까. 그걸 부정한다면 반역자이며 말살의 대상이 되어버리니까."

"하고 싶은 말이 뭐지요, 올리버 님?"

"오스카리나 백작은 돌아오지 않을 것이다. 어쩌면 이미 죽었을지도 모르지."

전 에메랄드 시타델 저항군의 리더, 클라리스의 눈빛이 흔들렸다.

"그녀가 잡혀갔다는 얘기는 들었어요. 반역 혐의를 뒤집어썼다는 것도."

"그 얘기를 듣고도 아무것도 느끼지 못했나?"

"인생의 아이러니함을 느끼긴 했어요. 그렇잖아요? 한때는 우리와 그녀가 비슷한 관계였으니까요."

그녀는 저항군의 리더였고 오스카리나는 도시의 지배자였다. 그녀는 도시가 허락하지 않은 이들을 이끌었고 오스카리나는 그들의 적이었다.

"그리고 황제가 백작을 잡아갔죠. 그 사실에 내가 유감을 느낄 이유는 없어요."

"정말 그렇게 생각한다면 넌 어리석은 거다."

"하고 싶은 말이 뭐죠, 버려진 분?"

"나는 버려진 게 아니다. 이곳에 남기를 선택했을 뿐."

"적시운은 이 땅을 두고서 돌아갔어요. 바다 건너의 자기 집으로."

"그리고 다시 돌아오겠지."

올리버의 황소 같은 눈이 날카롭게 빛났다.

"모르겠나? 황제는 한국이란 나라에 선전포고를 한 게 아니야. 한 명의 인간, 적시운에게 선전포고를 한 것이지."

"그래서 그가 이곳으로 다시 돌아올 거다? 오히려 황제가 그곳으로 건너갈 수도 있지요."

"아니, 황제는 수도에 남아 있을 거다. 적시운 님이 이곳으로 올 테지."

"그렇다고 치죠. 이런 얘기로 논쟁할 생각은 없으니. 그래서 제게 하고 싶은 말이 뭐죠?"

"에메랄드 시타델을 떠나야 한다."

클라리스는 말없이 올리버를 바라봤다.

"백작을 죽인 것은 시작일 뿐이야. 황제의 사냥개들은 적시운 님과 조금이라도 관련된 모두를 제거할 거다."

"우린 그들에게 있어 벌레만도 못한 존재예요."

"너희가 위협되고 말고는 중요치 않아. 놈들은 그저 적시운 님과 관계가 있다는 사실 하나만으로도 너희를 제거하려 할 거다."

"어째서죠?"

"황제가 그러길 원하니까."

"황제에 대해 잘 안다는 듯이 말하는군요?"

"황제를 비교적 잘 아는 이들을 만났었지."

"그들은 지금 어디 있죠?"

"모두 죽었다. 황제의 사냥개에게 사냥당했지."

"……."

클라리스는 의자에서 일어섰다.

"DIA로군요. 그들이 당신에게도 접촉했었나요?"

올리버의 눈에 이채가 스쳤다.

"너에게도?"

"아뇨, 불행히도 그러진 않았죠. 지금 와서는 다행인 것 같지만."

"그들에 대해선 어떻게 알았지?"

"제 방식으로요."

올리버의 시선이 책상을 훑었다.

자그만 노트북과 기계식 키보드, 23세기의 관점에선 빈티지한 물건들이었다.

14in 넓이, 3㎝ 두께의 상자 안에 담긴 광활한 창고.

"시타델의 정보망을 해킹했군."

"그랬죠. 오스카리나 백작 본인이 남겨놓은 기록이 있었죠. 처음엔 그저 해커에게 혼선을 주려는 거짓 정보인 줄만 알았지만요."

"그들은 내게도 접촉했었다. 그리고 진실을 말해주었지."

"황제가 마수들을 불러온 장본인이란 진실 말인가요?"

"그리고 이 나라 전체가 거짓 위에 세워졌다는 진실을."

"진실과 거짓은 중요하지 않아요. 우리 삶을 좌우하는 건 힘의 논리죠."

"그 힘의 논리가 우리 모두를 짓누르게 될 거다. 가만히 앉아서 죽음을 기다릴 게 아니라면 맞서 싸워야 해."

"사냥개가 올 거란 말이죠?"

"사냥개가 올 거다, 반드시."

클라리스는 검지를 입술에 대고서 생각했다. 올리버는 참을성 있게 그녀의 판단을 기다렸다.

"당신의 말이 모두 사실이라 쳐도, 우리가 당장 할 일은 맞서 싸우는 게 아니라 꽁지 빠지게 달아나는 것이겠네요."

"전진을 위해선 후퇴도 필요한 법이니까."

"제 휘하에 있는 사람은 50명이 채 되지 않아요. 원래의 동지들은 대부분 백작이 받아들여 줬을 때 그 휘하로 들어갔죠. 인정하긴 싫지만, 우릴 받아들인 후의 오스카리나 백작은 꽤나 공정했거든요."

"그들도 사냥당하게 될 거다. 어쩌면 시타델 전체가 잡아먹히게 될지도 몰라."

"최대한 사람을…… 모아보죠."

"서둘러야 한다. 늦어도 내일 아침엔 출발해야 해."

"어디로 달아날지에 대한 계획은 있나요? 어딜 가든 사냥개의 후각에서 벗어나긴 쉽지 않을 텐데."

"인간의 도시는 안 된다. 모든 도시의 눈과 귀가 황제의 것이니."

잠시 생각하던 올리버가 말했다.

"오소독스. 그곳이라면 당장은 괜찮을 것이다."

"그러니까."

아몬이 콧등을 움칫거리며 말했다.

"날더러 병력을 끌고 가란 말이지? 고작 쥐꼬리만 한 도시 하나를 처리하기 위해서?"

"폐하의 적을 쓸어버리란 것이지요. 반역의 도시를 말입니다."

"네 명령을 따를 것 같으냐, 펠드로스?"

"제가 아닙니다. 폐하의 명령이지요."

"그럼…… 나 혼자 가겠다. 거추장스럽게 잡것들을 끌고 가는 건 나 자신에 대한 모욕이야."

"에블린도 그런 식이었지요. 그러다가 시타델에서 사로잡혔고요."

"도시가 그년을 사로잡은 게 아니었다. 적시운이란 놈이 그랬던 거지."

"그렇더라도 호위 정도는 데려가시지요. 아몬 님의 능력을 믿지 못하는 건 물론 아니지만……."

"닥쳐! 나 혼자 가겠다."

단호한 대답에 펠드로스는 어깨를 으쓱했다.

"좋을 대로 하십시오. 일만 제대로 처리하신다면 문제가 없겠지요."

"바로 출발하지."

"반드시 제거하거나 사로잡으셔야 할 인물이 몇 명 있습니다. 그들에 대해 말씀을……."

"필요 없다. 도시 전체를 말살할 거니까. 쥐새끼 한 마리 살아 숨 쉬지 못하게."

"각각의 정보는 부관들에게 전달하지요. 행운이 함께하길 기원하겠습니다."

"행운 따윈 약자와 버러지들에게나 필요한 거다."

씹어뱉듯 대꾸한 아몬이 회의실을 나섰다. 못 말리겠다는 듯 제스처를 한 펠드로스가 드라칸을 돌아봤다.

"드라칸 님께도 할당된 임무가 있습니다. 물론 황제 폐하께서 직접 명하신 것이니 화내진 말아주세요."

"네 말의 진위를 의심할 생각은 없다. 너는 간교한 놈이지만 이런 일로 거짓말을 할 만큼 싸구려는 아니니."

"호의적인 평가에 감사드리죠. 흠, 제가 감사해야 하는 게 맞겠죠?"

"임무에 대해서나 말해라."

"트리즌 버스터(Treason Buster) 1개 사단을 내어드리겠습니다. 선봉군으로서 대양을 건너가십시오."

드라칸은 침묵했다.

오히려 반문을 던진 쪽은 옆에 서 있던 아킬레스였다.

"트리즌 버스터? 그리고 반역국이라니, 그게 대체 무슨 말인가?"

"황제 치하 금군의 새 명칭입니다. 그리고 황제 폐하께선 온 지구의 주인이시니, 그에 대항하는 국가는 반역국이라 할 수 있지요."

낭랑하게 대답한 펠드로스가 드라칸을 바라봤다.

"총 병력 1만. 중대 규모의 고르곤 레벨 강화 인간까지 배치되어 있습니다."

"그 병력이 적다고 징징댈 생각은 없다. 하지만 나는 아몬이 아니다."

드라칸이 운을 뗐다.

"그 정도만으로 한국이란 나라를 쓸어버릴 수 있으리라고는 생각하지 않는다. 지난번 에블린의 선례도 있기에 더더욱."

"걱정하지 마십시오. 드라칸 님께서 우선적으로 노리실 곳은 한국이 아닙니다. 그 옆에 달려 있는 기름지고 비대한 나라지요."

"중국을 말하는 것인가?"

"예, 남쪽으로 우회하여 급습하십시오. 비행 선단이 전속력으로 날아간다면 넉넉히 잡아도 이틀 내에 당도할 것입니다. 해당 지역의 지형 정보를 부관들에게 전송해 드리죠."

"대양의 마수들은?"

펠드로스가 빙긋 웃었다.

"그 어떤 마수도 드라칸 님의 앞길을 방해하진 않을 것입니다. 절 믿으시길."

"……."

드라칸은 한마디 대꾸도 없이 회의실을 나섰다.

둘의 대화를 지켜본 아킬레스가 나직이 한숨을 토했다.

"차라리 실토하지 그러나, 마수들은 제국을 위해 봉사하고 있노라고."

"미개한 괴물 놈들은 황제 폐하의 금군을 감히 건드릴 엄두조차 내지 못할 것이다, 그런 뜻이었습니다. 이상한 쪽으로 곡해하지 마시지요."

"그게 설득력 있는 변명이라고 보나?"

"황제의 펜타그레이드는 변명 따위를 하지 않습니다."

"부디 자네의 실패에 대해서도 폐하께 변명하지 않았기를 바라네."

펠드로스가 홱 고개를 돌렸다. 내내 여유롭던 그의 표정이 격하게 일그러져 있었다.

"나는 실패한 적이 없습니다, 단 한 번도! 그리고 앞으로도 결코 실패하지 않을 겁니다!"

"빙하 위에서 펼쳤던 대결은 최대한 좋게 보더라도 성공이라 할 수는 없을 듯하네만."

"그 일에 대해선 아무에게도……!"

"말한 적 없네. 하지만 똑똑히 기억하고는 있지."

펠드로스가 아킬레스를 노려봤다.

살기만으로 물리력을 행사할 수 있다면 아킬레스의 미간이 꿰뚫리고도 남았을 것이다.

"갑자기 이러는 이유가 뭡니까, 왜 갑자기 내게 시비를 거는 겁니까?"

"에메랄드 시타델에 대한 섬멸 임무, 정말 폐하께서 내리신 게 맞나?"

"제가 거짓말을 했단 말입니까?"

"오스카리나 백작의 죽음만으로도 충분하네. 그런데도 도시 전체를 몰살시켜야겠단 말인가?"

"폐하께서 그리 명령하셨습니다. 황제의 명령은 절대적입니다!"

"그렇다면 생각을 바꾸시길 진언해야겠군. 자네도 함께 가겠나?"

펠드로스의 눈빛이 미세하게 흔들렸다.

"폐하께선 지금 누군가와 만나실 만큼 한가롭지 않으십니다."

"자네를 불러서 명령하실 여유는 있는데도 말인가?"

"지금 폐하의 뜻에 반발하겠다는 말입니까?"

"아니! 신하된 도리로서 마땅히 드려야 할 진언을 하겠다는 걸세."

펠드로스를 밀친 아킬레스가 성큼성큼 걸어갔다. 펠드로스는 표정을 잔뜩 구겼지만 그를 막아서려 들지는 않았다.

"후회하실 겁니다, 아킬레스 님."

"인생은 후회의 연속이지. 그때 빙하 위에서 그랬던 것처럼."

"변절하지 못한 것을 후회한다는 말씀입니까?"

"옳은 행동을 하지 못한 것을 후회한다는 말일세."

"……."

"방해할 생각이라면 마음대로 하게. 하지만 이 아킬레스 프레스터가 자네 생각만큼 쉽사리 당할 거라고는 생각하지 말게."

"방해할 생각 따윈 없습니다. 말씀하신 대로 폐하께 진언하는 것은 신하의 도리니까요."

한발 물러선 펠드로스가 본래의 미소를 되찾았다.

"부디 행운이 따르길 바랍니다."

"……."

아킬레스가 묵묵히 걸음을 옮겼다. 펠드로스는 가면 같은 미소를 달고서 그 뒷모습을 노려봤다.

2

무림맹력 143년.

그때 강호의 운명은 종극에 달했다.

천마천세의 기치를 들고 일어난 마교도 무리는 무서운 기세로 중원을 전복했고 기존에 존재하던 무림의 질서를 송두리째 뒤집어놓았다.

화산이 함락되고 무당은 초토화되었다. 숭산이 불타오르고 장강은 피로 물들었다.

그리고 그 중심에는 물론, 천마가 있었다.

천마, 무림지존, 백도 무림의 악몽!

그리고 하늘에 다다른 자.

그는 무림 명숙 7인과의 차륜전을 승리로 장식하고, 마침내 무림맹주인 백학검(白鶴劍) 남궁원의 숨통마저 끊어놓았다.

그 기세란 문자 그대로 파죽지세.

천 명의 마병이 그 뒤를 따라 진군하니 강호의 산천에는 피가 마를 일이 없었다.

정파 무림은 벼랑 끝까지 내몰렸다.

중원은 이제 천마신교의 이름 아래 새로이 재편될 것이었다.

"……그래야만 했거늘."

철퍽!

바닥을 때리고 튀어 오르는 검붉은 핏덩이의 강렬한 색채와 소리가 적시운의 뇌리를 강타했다.

그날, 그 공간이었다.

운명의 날.

적시운과 천마의 운명을 하나로 묶어놓은 바로 그 밤.

세 사내가 그곳에 있었다.

천마, 적시운.

그리고, 그 둘을 바라보고 있는 자신, 또 다른 적시운.

처음엔 옛 기억이 떠오른 거라고 생각했다. 과거의 일을 꿈속에서 보는 게 그리 생경한 일은 아니었으니까.

명상 단계에 접어든 의식이 오래된 도서관의 빛바랜 책을 열어젖힌 거라고만 생각했다.

하지만 아니었다.

최소한 적시운이 기억하기로는, 그날 승리한 쪽은 어찌 됐든 자신이었으니까.

지금은 달랐다.

피 웅덩이를 발아래에 만든 채 엎어져서 헐떡이는 쪽은 천마가 아닌 적시운이었다.

"재미있는 능력을 지녔구나."

천마 또한 피투성이였다.

거기에는 자신의 피도 섞여 있을 테지만 그 대부분은 적들의 것이리라.

주변에 널브러져 있는 수십의 무인을 보자면 누구라도 그렇게 생각할 것이다.

"빌어…… 먹을!"

적시운이 씹어뱉듯 중얼거렸다. 몸을 일으키려는 시도는 피 웅덩이를 더욱 크게 만들 뿐이었다. 움직일수록 벌어진 복부에서 더욱 많은 피가 쏟아져 내렸다.

조만간 죽음이 찾아올 것이다.

거기까지 지켜본 적시운은 이게 악몽일 거라 생각했다.

만약 그날의 운명이 조금만 비틀렸더라도, 자그만 실수나 변수만 발생했더라도 벌어졌을 일들, 그렇다면 천마는 자신을 죽일 것이고 역사는 다르게 흘러갔을 것이다.

천마신교가 천무맹을 무너뜨려 중원의 패권을 차지했을 테고, 적시운이란 인물이 다시 세상에 나타나는 일은 없었을 것이다.

그리고…….

"우리 둘 다 죽어가는 것 같군. 그렇지 않나, 애송이?"

천마가 말했다.

이제 보니 그도 심각한 내상을 입은 듯 검붉은 선혈이 입으로부터 흘러내리고 있었다.

"본좌가 네게 한 가지 제안을 하고자 하는데, 들어볼 마음이 있느냐?"

"……대체 무슨 수작이지?"

"이대로 있다간 너는 죽는다. 본좌도 아마 오래 버티지는 못할 테지. 그렇지 않은가?"

"그렇다고 하기엔 당신은 쌩쌩해 보이는데?"

"너보다 강인하며 참을성이 많기에 그렇게 보일 뿐. 본좌도 죽어가고 있다. 다시 몸을 회복하기엔 단전의 손상이 너무 깊다. 전투의 열기가 가시고 나면 본좌의 몸은 서서히 식어갈 테지."

천마가 다가와 적시운을 붙들었다.

적시운이 저항하려 했지만 붙잡은 손은 강철만큼 완고했다.

"크……!"

"하지만 너는 다르다. 상처가 깊으나 외상일 뿐. 생명의 본질에는 타격을 입지 않았다."

천마의 손이 적시운의 복부에 닿자 갈라진 상처가 봉합되기 시작했다.

"……!"

"제안을 들어볼 마음이 들었느냐?"

"듣지 않겠다면 어떻게 되지?"

"본좌가 네 목을 꺾겠지. 아직 그럴 정도의 여력은 남아 있거든. 너도 죽고 본좌도 죽게 될 것이다. 그 뒤로는 아무것도 남지 않겠지."

"제안을 듣는다면…… 그 대가는 뭐지?"

"삶. 너와 본좌, 두 사람 모두가 살아남는 길이 될 것이다."

"……."

"어떠하냐. 본좌의 제안을 들어볼 텐가?"

한참 동안 천마를 응시하던 적시운이 고개를 끄덕였다.

'이것은 대체……?'

상황을 지켜보던 적시운은 이질감을 느꼈다. 상상이 빚어낸 악몽이라기엔 너무나도 구체적이었다.

마치 실제로 일어났던 일을 바라보듯.

그러나 이런 일은 결코 일어나지 않았다, 최소한 적시운의 경험 속에서는.

치직. 치지직.

주변 환경이 일그러지기 시작했다, 혼선으로 엉망진창이 된 화면처럼.

천마가 무언가를 말하고 적시운이 듣고 있었지만 무슨 대화가 오가는지는 알 수가 없었다.

'내가 아니다.'

왜곡되어 가는 광경 속에서 적시운은 생각했다.

천마를 바라보고 있는 또 다른 적시운의 얼굴에 오래된 흉터가 있었다.

중원에 와서 생겼다기엔 너무나 오래된 흉터.

자신이 평생 가져본 적이 없는 상흔이었다.

'다른 차원의 나?'

그리고 다른 차원의 천마.

어째서 저들의 과거를 엿보게 된 것인지는 알 수 없었다.

어쩌면 지금의 명상과 관련된 것인지도 모른다고만 추측할 따름이었다.

자신의 근처에 있는 김은혜의 기억이 혼재된 게 아닐까 싶었지만 확실하진 않았다.

"선배? 선배……!"

먼 곳으로부터 익숙한 음성이 들려왔다.

그것이 차수정의 목소리임을 깨달은 적시운은 자신의 현 상황을 자각했다.

육체를 부술 기세로 흘러들어오는 코어의 에너지와 간신히 버티고 있는 자신의 몸과 필사적으로 돕고자 하는 차수정의 외침, 느긋하게 추리를 이어갈 상황이 아니었다.

적시운은 의문을 잠시 접어두고서 눈앞의 일에 대응부터 하기로 했다.

"선배, 시운 선배!"

차수정이 소리쳤다.

적시운의 등에 닿은 그녀의 흰 팔뚝 위로 시퍼런 핏줄들이 불끈거렸다. 모세혈관이 터졌는지 그녀의 몸 곳곳에 푸른 멍들이 피어났다.

적시운의 몸속으로 스며든 코어 에너지는 미친 듯이 기혈 안을 질주했다.

차수정은 그 힘을 제어하는 데 조금이라도 도움이 되고자 힘을 보태고 있었다. 그 반동으로 그녀의 몸속으로도 코어 에너지가 짓쳐들어왔다.

전체에 비하면 극히 작은 일부분, 1%가 될까 말까 한 수준이었으나, 그것만으로도 차수정은 온몸이 부서져 나가는 것을 느꼈다.

"버티세요. 지금 손을 뗐다간 시운 님도 수정 양도 주화입마에 빠지게 될 거예요."

"하지만…… 더 이상은……!"

"할 수 있어요. 자신의 힘을 믿으세요, 제가 수정 양을 믿는 것처럼."

쿠구구구.

김은혜의 격려 때문일까?

폭주하던 기운이 차츰 진정되기 시작했다.

한시름을 돌리긴 했지만 여전히 마음을 놓을 순 없었기에 차수정은 다시 적시운을 부르려 했다.

"시운 선……."

"그래, 듣고 있어."

우우우웅.

코어 에너지가 심장 부근에서 응축되기 시작했다. 응축된 힘은 척수를 타고 올라 대뇌에 닿았다.

적시운과 접촉하고 있는 차수정은 그 힘이 대뇌에 스며드는 것을 확연히 느낄 수 있었다.

흡수된 코어 에너지, 그 대부분이 흡수되는 것을.

마침내 적시운이 눈을 떴다.

두 번째 더블 S랭크 염동술사가 탄생하는 순간이었다.

"폐하……?"

아킬레스는 어둠을 향하여 조심스레 말을 건넸다.

보이는 것은 깊이를 가늠할 수 없는 어둠뿐이었지만 아킬레스는 그곳에 황제가 있다는 것을 알 수 있었다. 그가 다시 한 번 말을 건네봐야 하나 고민 중일 때였다.

"꿈을 꾸었다."

아킬레스는 흠칫 몸을 떨었다.

여전한 위엄과 여전한 힘.

그러나 그가 기억 속에 새겨진 음성과는 조금 달랐다.

"폐하?"

"흔한 일은 아니지. 양쪽 모두가 최고 수준의 텔레패스가 아닌 이상은."

"무엇이 말입니까, 폐하?"

"의식의 공명(共鳴)."

황제가 나직한 어조로 말했다.

여전히 기억 속 음성과는 달랐지만, 아킬레스는 그 목소리가 어딘지 모르게 낯익다고 생각했다.

"지구 반대편에 떨어진 두 의식이 공명하는 것은 흔한 일이 아니다. 하물며 그러길 원하지도, 의식하지도 않았음에도 그렇다는 것은. 하지만 나쁘진 않군. 놈이 내 일면을 엿본 것처럼 나 역시 놈의 일면을 엿보았으니까."

"폐하, 저는 에메랄드 시타델의 일로 진언을 드리고자 찾아왔습니다."

"그들 모두를 죽여선 안 된다는 거겠지. 자네가 진언을 가져오리라는 건 알고 있었어. 펜타그레이드 중에서 유일하게 명예와 정의가 무엇인지 아는 것이 자네니까, 아킬레스 프레스터."

"야속한 말씀이시네요, 폐하."

문이 열리며 펠드로스가 걸어 들어왔다.

바깥의 빛이 방 안으로 새어들었지만 황제의 옥좌는 여전히 어둠에 잠겨 있었다.

"너는 이틀의 여유를 두고 대양을 건너도록 해라."

황제가 펠드로스를 향해 말했다.

"남은 트리즌 버스터 5개 사단 중 둘을 맡기겠다. 우선적으로 정복할 곳은 일본이다. 드라칸이 남으로부터 치고 올라가면 그에 호응하여 동부를 쳐라."

"그리고 모두 쓸어버리라는 거지요? 적시운도, 놈의 계집들과 가족들도."

"농담할 기분이 아니다, 펠드로스."

"죄송합니다, 폐하."

"가라. 네가 해야 할 일과 해서는 안 되는 일들을 기억하라."

"물론입니다, 폐하."

웃음기 없는 얼굴로 일어선 펠드로스가 방을 나섰다.

아킬레스는 딱딱하게 굳은 채 그가 떠나가는 것을 바라봤다.

"네 진언은 명예롭고 정당하다, 퀀텀 리퍼."

아킬레스가 고개를 돌렸다.

"하오면……."

"그러나 그 진언을 받아들이진 않을 것이다."

"폐하!"

"에메랄드 시타델은 불타오를 것이다, 반역의 말로가 어떠한지를 신민들에게 똑똑히 보여주는 예시로써."

"폐하, 그곳은 황제의 자애를 신민들에게 보여주는 예시가 될 수도 있습니다."

"그렇겠지. 하지만 나는 그러지 않을 것이다."

"그것이 부당한 결정이라도 말입니까?"

"그렇다."

아킬레스는 입술을 깨물었다.

시타델의 인구가 정확히 얼마인지는 알지 못했다.

'아마도 수천? 혹은 수만?'

어느 쪽이 되었든 지나치게 많은 숫자라는 것만은 분명했다, 한 여자의 반역으로 인해 몰살당하기에는.

"폐하, 시타델의 섬멸은 역효과만 낳을 것입니다. 신민들은 폐하께 공포뿐만 아니라 불신과 의혹 역시 느끼게 될 겁니다."

"그럴 테지."

"불신과 의혹은 제국의 결속력을 약하게 만들 것입니다. 꺼뜨리고자 하는 반역의 불씨를 도리어 타오르게 만들 것입니다."

"그럴지도."

"그럼에도 시타델을 멸하셔야겠습니까?"

"그렇다, 아킬레스 프레스터."

눈앞에 우뚝 선 거대한 장벽.

아킬레스는 어떠한 말로도 황제를 설득할 수 없으리란 것을 깨달았다.

'하지만 대체 왜?'

무력감과 함께 피어오르는 의문들.

그중에서도 가장 큰 것은 어딘지 모르게 익숙한 목소리에 대한 의문이었다.

어조는 다르다.

다른 쪽은 신랄하고 냉소적이었지만 그와는 다르게 눈앞의 황제에겐 위엄이 서려 있다.

'다른 쪽?'

아킬레스는 또 다른 누군가와 황제를 비교하는 자신을 발견했다.

그가 자기도 모르게 정답을 떠올렸다는 사실도.

자리에서 일어난 아킬레스가 옥좌를 향해 성큼성큼 걸어갔다.

불경한 행동이었으나 그를 저지할 사람은 아무도 없었다.

그를 저지할 수 있는 유일한 존재인 황제는 침묵만 지키고 있었다.

옥좌를 둘러싼 어둠이 물러났다. 황제의 얼굴이 희미하게 시야에 잡혔다. 아킬레스의 눈동자에 경악이 서렸다.

"이럴 수가……!"

3

회수된 인공위성 무닌은 국립 과학 연구소에 맡겨졌다. 하루가 지나기도 전에 분석 및 개조가 마무리되었다.

"한마디로 이제 이 인공위성은 우리 거란 말이지요."

권창수의 어조엔 안도감과 초조함이 공존하고 있었다.

"생각보다 빨리 끝났네요?"

"예, OS를 비롯한 프로그램 전반이 구식이었던 만큼 컨버전하는 것도 예상보다 수월했다고 합니다."

헨리에타에게 대답하는 권창수.

가만히 지켜보던 그렉이 한마디를 툭 던졌다.

"그런데 그 결과는 그다지 좋지 않았나 보군."

권창수가 쓴웃음을 지었다.

"그렇습니다."

"정보가 파손되어 있었던 건가?"

"아뇨, 저장된 파일들은 멀쩡했습니다. 아무래도 위성을 탈취당할 거라는 예상 자체를 못 한 듯싶습니다."

"하긴 어느 누가 우주로 휙 날아가서 인공위성을 끌고 내려올 거라고 생각하겠어요?"

"하하……."

"그렇다면 자료 자체가 껄끄러운 모양이군."

"예."

권창수는 반쯤 식은 차를 한 모금 들이켰다.

"트리즌 버스터에 대해 아십니까?"

헨리에타와 그렉은 서로를 돌아봤다.

"아뇨, 처음 들어봐요."

"그렇군요. 아무래도 새로이 창설된 부대인 모양입니다."

"새로이 창설됐다고요?"

"예, 그 이전엔 황제의 금군이었다고 합니다. 이해하기 어려운 일이지만."

"금군에 대해서라면 들어본 적이 있지. 아무래도 빅 이벤트를 앞두고 명칭을 변경한 모양이군."

"빅 이벤트…… 씁쓸한 농담이군요."

"황제의 금군이 움직이기 시작한 건가요?"

"무닌에 저장된 정보에 의하면 그렇습니다, 헨리에타 양. 대대적인 아시아 침공 계획이 작성되어 있더군요.”

“……”

“만 단위의 정예 병력이 태평양을 주파해 중국 남부와 일본을 점령. 그대로 한반도를 포위한다는 계획입니다.”

“하지만 우리 쪽에 누설되었군요. 잘된 일 아닌가요?”

“그렇다고 봐야겠지요.”

대답과 달리 권창수의 표정은 그리 밝지 않았다. 헨리에타와 그렉은 그 이유를 알 것 같았다.

“병력 규모가 보통이 아닌 모양이군요.”

“예, 저보다는 여러분께서 더 잘 아시겠지만 말입니다. 강화인간에 대해 아십니까?”

두 사람은 난감한 표정을 지었다. 분명 모국에 대한 얘기일 텐데 자신들이 전혀 알지도 못하는 단어가 계속해서 나오고 있었다.

“에블린이 끌고 왔던 무리와 같은 계열이겠지.”

“예, 자료에 따르면 당시의 병력보다도 한층 강화된 것으로 보입니다.”

싸한 침묵이 방 안에 감돌았다.

밀리아가 있었다면 어설픈 농담이라도 던져서 분위기를 누그러뜨렸을 테지만 그녀는 지금 연천 방면으로 파견을 나가 있었다.

"그렇다고 지레 겁먹고 있을 수만은 없죠."

"옳은 말씀입니다, 헨리에타 양."

"적시운에게는 제가 보고할게요. 권 의원님은 다른 일로도 바쁘실 테니."

"그래 주신다면 감사하겠습니다."

대대적인 수색 작업이 한국과 중국 곳곳에서 전개되었다.

김은혜의 조언과 필사적인 노력 덕에 20개 가까운 술진을 활성화되기 전에 파괴할 수 있었지만, 그 사실에 만족하는 사람은 아무도 없었다.

파괴되지 않은 술진으로부터 마수들이 쏟아져 나왔다.

대체로 중국의 외곽, 사천성이나 운남성 같은 먼 지역으로부터 마수들이 쏟아져 나왔다.

쿠구구구구!

마수들은 동쪽으로 진격하며 눈에 보이는 모든 것을 짓밟고 분쇄했다.

대피령이 선포되어야 했으나 중국 영토는 너무나 넓었고, 지휘 본부가 되어야 할 신북경은 마비 상태에 빠져 있었다.

적지 않은 도시, 수많은 촌락이 짓밟히고 타올랐다.

천마신교와 주작전 무사들이 최대한 역습하기는 했으나 대륙 전역에 퍼진 마수들 전부를 처리한다는 것은 무리였다.

마수들은 섬서, 하남, 호북에 이르는 중국 중부 지역까지 단번에 전진했다.

그곳에서 일단은 돌진을 멈추고서 숨 고르기에 들어갔다.

놈들의 행보가 단순한 짐승의 그것이 아님을 여실히 보여주는 일례였다.

덕분에 재정비할 시간을 번 중국이었으나 그 사실에 기뻐할 순 없었다.

이것이 대공습의 전초라는 것쯤은 추측할 것도 없었기에.

병력 수습조차 쉽지는 않았다.

통수권자라 할 수 있는 중화당이 궤멸되어 버린 까닭이다. 애초에 합법적 통수권을 지니지 못한 데다 한차례 나라를 망쳐놓았던 천무맹에 충성하는 장병은 많지 않았다.

가까스로 신북경의 패닉 상태를 진정시킨 남궁혁은 곧장 한국 측에 도움을 요청했다.

권창수는 김성렬에게 1군단을 맡겨 중국으로 향하게 했다. 신북경에 도착한 1군단은 치안을 안정시키는 한편 지리멸렬한 중국군의 수습을 맡았다.

그러는 사이, 드라칸이 이끄는 트리즌 버스터 사단이 중국 남부에 다다랐다.

“상륙한 병력의 규모가 확인되었습니다. 대형 전투 비행선 200척으로 이루어진 비행 선단입니다. 태평양을 횡단하여 남중국해로 돌입, 옛 홍콩 부근에 상륙했습니다.”

“대형 비행선 200척이라면…….”

“기갑병을 기준으로 최소 1만 명을 수송할 수 있는 규모입니다.”

“그렇군.”

한국군 1군단의 막사.

김성렬은 모니터 속의 권창수를 응시하고 있었다.

“보아하니 태평양을 건너는 과정에서 별다른 타격을 입지 않은 것 같구려.”

“마수는 저들의 편입니다. 그러니 같은 편을 공격했을 리 없지요.”

“황제가 그들의 주인이기 때문에 말이지.”

“그렇습니다.”

고개를 끄덕인 권창수가 말을 이었다.

“남부의 북미 제국 병력은 서쪽의 마수 군단과 호응하여 북진할 겁니다. 실시간으로 제국군의 이동 경향을 전송해 드릴 테니 방어진을 구축해 주십시오."

"그러지. 서부의 마수들은?"

"데몬 오더가 처리할 것입니다."

"그렇다면 그쪽은 걱정할 필요가 없겠군. 유의해야 할 사항이 더 있소?"

"상륙한 트리즌 버스터 1개 사단을 이끄는 이는 드라칸이라 불리는 펜타그레이드입니다."

"펜타그레이드라면 S급 이능력자 말인가?"

"그렇습니다. 무닌에서 추출한 정보에 의하면 육체 강화계라고 하더군요."

"S급 강화계라면 살아 숨 쉬는 중장갑 전차라고 봐야겠군."

"전차나 전투함 따위는 애교일 거라더군요. 해서 그를 전담할 사람을 파견할 계획입니다."

"적시운이 오는 건가?"

"차수정 부길드장이 갈 것입니다. 적시운 님은 마수 군단을 맡으셔야 하니까요."

군사 위성과 무인 드론을 통해 파악한 마수 군단은 그 머릿수만 1억에 가까웠다.

그중 대부분은 B급 미만의 잔챙이들이었다. 위협적인 레벨의 마수는 그나마 십만 단위였다. 물론 십만 단위라 해도 충분히 엄청난 숫자라 할 수 있었다.

당연하게도 주요 전력은 마수들을 상대하는 데에 투입할 필요가 있었다.

이를 전담할 데몬 오더의 규모는 기껏해야 수백, 동백 연합을 비롯한 한중 양국의 길드들이 가세한다 해도 만 단위에 불과했다.

적시운이 가세하는 것은 기정사실이라 봐야 했다.

"그녀라면 믿을 수 있지. 알겠소."

"부디 무사하시길 기원하겠습니다."

"권 의원도 별일 없길 바라겠소. 나중에 술이나 한잔합시다."

"예, 반드시."

제국군과 마수 군단에 맞서 한중 연합군과 길드들도 바삐 움직였다.

다행히 대다수의 중국군이 김성렬의 요구에 호응하여 지휘를 받아들였다.

더불어 필리핀을 비롯한 동남아시아의 국가들도 연합을 창설, 전쟁에 가세할 것을 표명해 왔다.

권창수는 일단 그들을 바로 전투에 투입하지 않고 대기시켰다. 당장 움직여서는 각개격파당할 뿐이라는 논리였다. 동남아시아 연합군은 이를 받아들여 우선 대기한 채 투입될 시기를 가늠하기로 했다.

그러는 사이 데몬 오더를 필두로 한 한중 연합군은 신북경 서쪽 외곽에 집결했다.

그와 같은 시각.

한때 에메랄드 시타델이라 불렸던 도시는 재와 먼지로 되돌아간 뒤였다.

"흥, 시시하기 짝이 없군."

아몬은 불길이 모두 사라져 연기만 토해내는 그 황량한 전경을 바라보며 표정을 구겼다.

"이런 쓸데없는 일이나 맡아야 하다니. 빌어먹을 펠드로스 놈."

드라칸과 펠드로스 본인은 각각 일군을 지휘하여 태평양 너머로 향했다.

아킬레스에게 주어진 명령은 알려지지 않았지만 그의 위명을 생각해 보건대 자잘한 일은 결코 아닐 터였다.

"그런데 나만 이 모양이라니!"

제대로 된 저항조차 못 하는 무기력한 도시의 비명이나 꽥꽥 지르고 벌벌 떨기나 하는 약해 빠진 민간인들.

아몬에게 주어진 임무는 그런 것들을 상대하는 것이었다.

부수고 죽이는 걸 싫어하지 않는 그였으나 상대가 이런 피라미들이어서야 흥이 날 수가 없었다.

"뭔가 이상하지 않으십니까, 아몬 님?"

부관의 질문에 아몬은 혀를 찼다.

"이상해, 더럽게 이상하다고. 맛있는 건 죄다 펠드로스 놈과 드라칸의 차지고 왜 나만 이따위 뒤치다꺼리를 해야 하는 거지?"

"그것이 아니라……."

"쌍! 하고 싶은 말이 뭔데?"

"사람 수가 생각보다 적습니다. 반격해 오는 병력의 숫자뿐 아니라 민간인의 숫자도 말입니다."

"우리가 온다는 걸 뻔히 알았을 텐데 죄다 도망갔겠지. 네놈은 그런 것도 생각 못 하는 병신이냐?"

"그렇다면 추격 섬멸해야 하지 않겠습니까? 살려두었다간 폐하와 제국군의 악명이 널리 퍼질 것입니다."

"악명? 하!"

비웃음을 터뜨린 아몬이 독한 와인을 병째 들이켰다.

"이미 이곳을 쓸어버리란 명령이 내린 것만으로도 충분해. 나머지 놈들을 쓸어버리든 말든 황제의 악명은 제국 구석구석까지 퍼지게 될 거다."

"폐하께선…… 대체 왜 이런 명령을 내리신 걸까요?"

"몰라. 황제 본인만이 알고 있겠지. 그리고 솔직히 말해서, 내 알 바 아냐."

병을 비운 아몬이 늘어지게 트림을 뱉었다.

"어쩌면 그 악명이야말로 황제가 바라는 바일지도 모르지."

"대체 어째서……?"

"모른다니까. 그만 입 닥치고 보고나 올려. 원하는 대로 도시를 쓸어버렸다고. 그러니 다음으로 쓸어버릴 도시나 알려달라고."

부관의 눈동자가 크게 흔들렸다.

"설마…… 이런 명령이 또 내려오리라는 말씀입니까?"

"당연한 것 아니냐? 암만 잘나신 황제라 해도 무고한 도시를 어처구니없는 이유로 멸망시켜 버렸는데, 퍽이나 다른 놈들이 가만히 있겠다."

또 다른 와인 병을 집어 든 아몬이 킬킬거리며 웃었다. 얼굴은 시뻘겋고 입에선 술 냄새가 풀풀 풍겼지만, 그의 두 눈동자만은 평소보다도 선명했다.

"별것 아닌 이유로 인해 도시 하나가 멸망했다. 그걸 보고 다른 놈들이 어떻게 생각할까? 멍청이가 아닌 바에야 답은 뻔한 것 아니냐?"

"그런데도 아몬 님께선 황제의 명령을 따르실 겁니까?"

"그래, 아무래도 그쪽이 재미있을 것 같거든. 펠드로스 놈은 좀 뒈졌으면 좋겠지만."

"……."

부관의 손가락이 허리춤으로 향했다. 떨리는 손가락이 권총 주머니의 끈을 풀었다.

장교 전용 에픽 이온 피스톨(Epic Ion Pistol)의 차가운 감촉이 손바닥에 감겨들었다.

"꺼내서 갈겨봐. 네 두개골이 먼저 갈려 나갈 테니."

"……!"

부관의 몸이 눈에 띄게 움찔했다.

아몬은 취기 하나 없는 차가운 눈으로 그를 노려보며 웃었다.

4

"갈기지 않으면 심장이 갈려 나갈 테고."

아몬의 말에 부관은 깊은숨을 들이켰다.

"……제게 선택권은 없는 거군요."

"뭐, 그렇지. 너 같은 놈들이야 널리고 널렸거든."

"당신은 미치광이 살인마입니다. 알고 있습니까?"

"어차피 뒈질 테니 막 나가자는 거냐?"

"당신의 부관으로 지내온 지난날은 내 인생 최악의 시간이었습니다."

"그리고 이젠 인생의 마지막이 되겠군."

부관이 방아쇠울에 손가락을 넣었다. 그러나 아몬이 한발 빨랐다.

어찌 됐든 그로서는 생각만 떠올리면 그만이었다.

카드드득!

부관의 두개골이 거칠게 진동했다. 그 진동은 너무나 격렬하여 머리통을 믹서처럼 갈아버렸다.

부관은 비명 한 번 뱉지 못하고 절명했다.

후두둑 떨어지는 파편들.

뇌수와 뼈, 살점과 피가 뒤섞인 혼합물은 선명한 분홍빛이었다.

"잠깐 동안은 자기가 용감한 줄 알았겠지. 그런데 이제는 후회도 할 수 없겠군."

아몬은 와인을 들이켰다. 짭짤한 피 맛이 느껴졌다. 부관의 머리가 갈려 나갈 때 파편이라도 튄 모양이었다.

아몬은 와인과 핏물을 퉤 뱉어버리고는 클클 웃었다.

손에 들린 유리병이 무시무시한 기세로 진동했다.

"시작은 드라칸과 펠드로스란 말이지. 하지만 가장 맛있는 부위는 내 거다. 황제가 주지 않더라도 내 손으로 취하고 말겠다."

파삭!

아몬의 손아귀에서 와인 병이 터져 나갔다. 가루가 되어버린 유리가 안개처럼 훅 퍼졌다.

S랭크의 초진동 능력자.

아몬은 어금니를 드러내며 웃었다.

"반드시!"

드라칸은 시간을 낭비하지 않았다.

중국 남부에 다다른 그의 사단은 곧장 북쪽을 향하여 진군을 시작했다.

지상으로는 기간틱 아머 및 전차 부대, 공중으로는 전투 비행 선단.

정석적이며 빈틈이 없는 편제였다.

거의 비슷한 시점에 한국군 1군단이 청도만에 상륙했다. 1군단은 대기 중이던 중국군과 합류하여 곧장 남하했다.

문수아가 이끄는 주작전 무사들과 차수정 역시 이에 합세했다.

"적 지휘관은 드라칸 맥브라이드. 펜타그레이드의 일원이라고 해요."

"S랭크 능력자라는 말이로군."

김성렬의 기함인 '무궁화'의 지휘실에서 작전 회의가 이루어졌다.

"듣자 하니 육체 강화 능력자라더군."

"단순하지만 막강한 능력이죠. 게다가 S랭크라면 더더욱 그렇고요."

"대략 어느 정도 수준이겠소?"

"트리플 A 강화계 능력자와 알고 지낸 적이 있죠. 한 번은 임무 수행 중에 지원 포격을 오폭 당했었어요. 네이팜을 뒤집어썼는데 멀쩡히 살아 돌아와선 술 땡긴다고 가자더군요."

"S랭크라면 더 심하겠군."

"네, 아마 네이팜을 소주 대신 원샷 해도 무사하지 않을까요?"

"훙, 괴물이란 거군."

김성렬이 코웃음을 쳤다.

"그런 괴물을 상대할 수 있겠소, 차수정 부길드장?"

"그런 괴물을 죽이기 위해 온 거예요. 가능한 최선을 다하겠습니다."

"좋소. 놈의 상대는 당신들에게 일임하겠소."

반나절 이후, 양측 병력은 양자강(揚子江)을 사이에 두고 대치했다.

"군사위성에서 캐낸 정보와 일치하는군. 놈들의 병력은 대략 1만이오."

"우리 쪽은 어떻죠?"

"1군단이 1만 2천. 중국군이 3만이오."

"숫자만 보자면 우세하군요. 실질적인 전력 면에서는 어떨지 모르겠지만."

"아마도 근소하게 우세하거나 대등할 것이오."

"그 정도인가요?"

"강화 인간의 스펙을 분석하니 그렇다더군. 과학자와 군사학자들이 그렇다니 신뢰해야 하지 않겠소?"

차수정은 느릿하게 고개를 끄덕였다.

"도하하실 건가요, 도하하길 기다리실 건가요?"

"내 성격대로라면 당장 강을 건너겠지만, 그렇기 때문에라도 놈들이 건너길 기다려야겠지."

대화가 이어지는 사이 지휘실 내 모니터에 새로운 화면이 떠올랐다.

강 건너편을 촬영한 실시간 영상이었다.

주 병력을 등 뒤에 두고서 앞으로 나선 한 명의 사내, 대강 보아도 2m는 됨직한 적갈색 피부의 거한이었다.

"누가 지휘관일지 찾아볼 필요는 없겠군."

김성렬이 차수정을 돌아봤다.

"일단은 놈이 어떻게 나오나 기다려보는 게 좋을 것 같소만."

"대강 예상은 되지만 말이죠."

사내가 팔을 뻗었다.

그는 곁에 꽂혀 있던 대형 망치를 집어 들었다.

그러고는 머리 위에서 수차례 회전시키더니 강물을 향하여 그대로 내려찍었다.

쾅!

강물의 수면을 강타하는 굉음이 수 ㎞ 떨어진 비행선의 지휘실 안까지 파고들 지경이었다.

모니터 화면 속에선 수 갈래로 쪼개진 대지의 균열로 물살이 빨려 들어가고 있었다.

"인상적이긴 하군."

김성렬이 굳은 얼굴로 뇌까렸다.

"하지만 쓸데없는 힘 낭비일 뿐. 퍼포먼스 이상은 되지 못해."

"낭비할 힘은 얼마든지 있을 거예요. 육체 강화 능력자란 그런 작자들이니까요."

"어쩌시겠소?"

차수정이 문수아를 돌아봤다.

은사 한 가닥을 손가락으로 뽑아 든 문수아가 고개를 끄덕였다.

"저희가 가죠. 적 병력의 움직임에 주목해 주세요."

"그러지. 무사한 모습으로 다시 만납시다."

차수정과 주작전 무사들이 비행선 아래로 강하했다.

일격으로 대지를 쪼개놓은 드라칸은 이미 강을 건너온 뒤였다.

쿵.

근 3m에 달하는 망치 자루를 곧추세운 드라칸이 입을 열었다.

"물러가라. 무력한 여자들을 학살하고 싶지는 않다."

문수아가 어깨를 으쓱하고서 차수정을 돌아봤다.

"이제 보니 점잖은 기사님이셨네. 잘 구슬리면 목숨도 내놓지 않겠어?"

"그래 준다면야 고맙겠지. 그러지 않겠지만."

"물러가라. 가서 적시운이란 자를 불러와라."

"그 남자는 좀 바빠서. 대신 우리들이 상대해 주지."

"약자를 괴롭히는 취미 따윈 없다."

쉭!

섬전이 드라칸의 뺨을 스쳐 지나갔다. 그의 뺨이 빨갛게 달아올랐으나 선혈이 흐르지는 않았다.

전력으로 은사를 출수했던 문수아가 소리 없이 혀를 찼다.

손끝으로 뺨을 쓰다듬은 드라칸이 말했다.

"따끔하군."

"고마운 줄 알아. 원래는 머리통을 케이크처럼 잘라 버리려고 했거든."

"하지만 실패했군."

"겨우 한 번이지. 계속 실패하지는 않을 거야."

"그 얄팍한 실로는 무리다."

"육안문가의 천잠은사를 우습게 봤다간……."

팅.

은사가 끊어지며 그녀의 손등을 때렸다. 따끔한 감각에 문수아가 흠칫했다.

얄궂게도 공격을 펼친 그녀가 선혈을 먼저 흘리게 되었다.

드라칸이 고개를 살짝 기울였다.

"우습게 봤다간?"

"……."

"실뜨기 다음은 뭐지? 저글링이라도 할 생각인가?"

"칼 장난은 어때?"

차수정이 앞으로 나섰다.

그녀의 검 위로 새하얀 한기가 어리기 시작했다.

"얼음 칼은 좀 색다르군. 제법 기묘한 재주들을 지녔구나."

"놀라기엔 아직 일러."

무사들에게 눈짓을 보낸 차수정이 정면에서 치고 들어갔다. 그에 맞추어 주작전 무사들이 검진을 구축해 드라칸을 압박해 들어갔다.

신북경 서쪽, 하남성과 섬서성의 경계.

황량한 평야에 일군의 막사가 세워져 있었다.

50여 척의 전투 비행선, 토목 공사용 기간틱 아머, 지원 포격용 곡사 병기들이 막사 주변에 정렬해 있었다.

데몬 오더를 주축으로 한 길드 연합군.

중국 대륙에 집결한 마수들을 상대하기 위해 모인 병력이었다.

"군사위성과 드론들이 사진을 보내 왔어요. 놈들의 위치는 서쪽으로 500㎞ 너머예요. 숫자는 측량하는 게 불가능하고요. 드론으로 관찰한 결과, 놈들의 행렬은 거의 10㎞에 달하는 길이라고 해요."

헨리에타의 브리핑에 막사 안이 조용해졌다.

"일렬로 10㎞는…… 물론 아니겠지?"

"너비도 길이에 필적하는 수준이라더군."

"흐음. 하여간 더럽게 많다는 거네?"

밀리아가 깊은숨을 뱉었다.

"한 명당 수천 마리씩은 맡아야 하는 것 아냐?"

"하루아침에 다 쓸어버릴 거라면 그래야겠지. 다행히 우리에겐 어느 정도의 시간이 있고."

"좋아. 그래서 작전 계획은 뭔데?"

"일단은 두드려 보자고."

목소리는 뒤쪽에서 들려왔다. 헨리에타의 시선이 그곳으로 향했다. 다른 이들의 시선도 그녀를 뒤따랐다.

막사의 커튼을 젖히고서 적시운이 안으로 들어섰다.

사실상 지금부터가 본회의의 시작.

모두가 그렇게 생각했다.

그러나 적시운은 그렇지 않았다.

"이러고 있을 시간 없으니 출발하자고. 다들 발바닥에 땀나게 뛰어야 할 거야. 시간을 낭비할수록 놈들이 도시와 사람들에게 가까워질 거다."

"일단은 무작정 돌진이라는 건가?"

"일단은 말이지, 그렉."

"흐음."

"반대 의견이라도?"

"아니, 네 생각에 찬성한다. 어차피 저런 숫자를 상대로는 쓸데없는 계교보단 정공법이 나을 것이다."

"하물며 괴물들이 상대라면 말이지."

적시운은 사람들을 돌아봤다.

"마수들은 마족의 지배를 받는다. 놈들은 기본적으로 살육에 미친 짐승들이지만 대국적으로는 마족이 그리는 전술에 따라 움직일 거야."

"전술이라. 그런 게 있기는 할까 의문인데."

"그걸 지금부터 확인해 볼 거다. 오늘의 전투는 탐색전인 셈이지."

"알겠다."

사람들이 분주해졌다.

대부분이 막사 밖으로 뛰어나간 가운데 마지막까지 남은 것은 헨리에타와 그렉이었다.

"두 사람이 지휘를 맡도록 해."

둘을 앉힌 적시운이 조용히 말을 꺼냈다.

"마족들의 지휘를 받는다고 해도 놈들은 기본적으로 괴물들이야. 진형을 잘만 유지하면 자멸로 이끌 수도 있을 거야."

"당신은 어쩌려고?"

"따로 해야 할 일이 있어."

두 사람의 낯빛이 어두워졌다.

적시운의 전장 참여 여부는 단순한 사기 진작 이상의 의미를 지니고 있었다.

"그 말은…… 참전이 힘들다는 거야?"

"이쪽 전투에는."

"해야 할 일이라는 게 뭔지 말해줄 수 있어?"

"우리를 향해 다가오는 병력이 하나 더 있어."

"병력이라니, 제국군 말이야?"

적시운은 고개를 끄덕였다.

"드라칸이 이끄는 남쪽 병력도 그렇고, 서쪽으로부터 몰려오는 마수들도 그렇고, 놈들의 움직임은 속속들이 우리 쪽에 파악 당하고 있지."

"당신이 저들의 군사위성을 탈취했으니까."

"그래, 놈들 입장에선 기만전술을 쓰기에 적합한 상황이지."

"저들이 일부러 위성을 빼앗겼다는 거야?"

"그건 아닐 거야. 하지만 보여주고 싶은 정보만 공개하는 것은 가능하겠지."

"마수들과 드라칸은 미끼라는 거네?"

"그사이에 배후를 친다는 거군."

잇따른 두 사람의 말에 적시운이 고개를 끄덕였다.

"또 하나의 병력이 태평양을 횡단했어. 앞선 두 병력과 달리 레이더 교란기와 형상 변환 장치를 총동원한 은밀 기동으로."

"그렇지만 포착되었다는 거네?"

"그래, 내가 했지."

적시운은 조용히 웃었다.

"놈들의 경로로 보건대 일차적으로는 일본 열도를 점령하려 할 거야. 남부와 서부의 전투에서도 승리한다면 세 방향에서 한반도를 압박할 수 있겠고, 그렇지 않더라도 동해를 건너와 급습하는 것은 가능하겠지."

"병력 규모는 어떻게 되는데?"

"확실하진 않지만 드라칸이 이끄는 병력보다는 많아."

"……한국과 일본에 남은 병력만으로 상대하긴 힘들겠네."

"그래, 그래서 내가 가려는 거야."

적시운이 담담히 말했다.

"해결하지 못한 악연도 남아 있고 말이지."

5

쾅!

바로 앞에서 폭사 되는 얼음 파편에 문수아는 눈을 질끈 감았다.

초보도 하지 않을 실수.

압도적인 거체가 쇄도하는 것이 피부로 느껴졌다.

콰앙!

다시 한번 터져 나오는 굉음.

문수아는 산산조각이 나는 자신의 몸을 상상했지만 다행히 그런 일은 없었다.

10m 두께의 얼음벽이 그녀를 대신하여 부서져 나갔다.

"정신 차려, 수아!"

찬물 세례처럼 와닿는 차수정의 외침.

앞서 두 번의 강격을 막아낸 것은 전적으로 그녀의 힘이었다.

문수아는 도움을 받은 데 대한 부끄러움과 눈을 감은 데 대한 창피함에 얼굴을 붉혔다.

"제기랄!"

"욕할 시간이 있으면 공격해!"

"알고 있어!"

휘리리릭!

여덟 줄기의 은사가 그녀의 양손으로부터 뿜어져 나왔다. 채찍처럼 날아간 은사가 삽시간에 거체를 휘감았다.

거체의 주인, 드라칸은 몸을 휘감은 은사를 힐끔 보고는 호흡을 삼켰다.

"흡!"

그의 근육이 풍선처럼 부풀었다. 풍선과 다른 점이라면 이쪽은 방탄 타이어보다도 질기고 탄탄하다는 것이다.

강철도 갈라 버리는 천잠은사가 거짓말처럼 끊어져 나갔다.

"재미있군."

상반신을 내려다본 드라칸이 중얼거렸다.

구릿빛 피부 위로 그려진 혈선들은 생채기라 해야 할 수준이었지만 타격이 아주 없지는 않은 셈이었다.

"훌륭하다."

드라칸이 말했다.

진심으로 감탄한 것이었지만 문수아의 입장에선 비아냥대는 것보다 열불 나는 일이었다.

"닥쳐!"

휘리리릭!

또 다른 은사들이 드라칸에게 쇄도했다.

가지고 있는 천잠은사를 모조리 소모할 기세.

그러나 이번엔 드라칸도 멍청히 서 있기만 하진 않았다.

부웅!

드라칸은 뒤로 물러나는 동시에 망치를 휘둘렀다.

별것 아닌 동작일 뿐인데도 엄청난 돌풍이 일어나며 은사들을 흩뜨렸다.

튕겨진 은사들이 아군에게 휘감기려 들자 문수아가 전력으로 은사를 제어하려 했다.

그런 그녀에게 드라칸이 달려들었다.

단번에 짓이겨 버릴 기세, 실로 무시무시한 기염이었다.

그러나 이번에도 돌연 얼음벽이 치솟아 올라선 그의 경로를 가로막았다.

콰광!

성벽 같은 얼음벽을 단번에 분쇄한 드라칸이 혀를 찼다.

"아무래도 너를 처리하는 것이 최우선일 것 같군."

"할 수 있다면!"

대답은 배후에서 들려왔다.

뒤돌아 반격하기엔 늦은 타이밍.

드라칸은 한 대 맞을 각오를 하고서 근육을 부풀렸다.

카가각!

그의 등허리에서 증기가 솟구쳤다. 마찰열이 일어날 정도의 스피드로 휘둘러진 칼날에 드라이아이스나 다름없는 한기가 더해진 결과였다.

새빨간 혈선이 생겨났다.

은사에 의한 생채기와 비슷한, 그러나 조금 더 큰 규모.

역시나 드라칸에겐 큰 타격이 아니었지만, 최소한 그가 완전무결한 무적이 아니라는 증거는 되었다.

"훌륭하군."

문수아에게 건넸던 것과 똑같은 말, 그녀처럼 분노하는 대신 차수정은 서늘히 웃었다.

"말로만 그러지 말고 상이라도 주시죠?"

"상이라면 무엇을?"

"당신의 머리는 어때요? 물론 몸에서 떨어진 상태로."

"예쁜 입술로 제법 섬뜩한 말을 하는군."

"더한 것도 할 수 있는데."

차차차창!

섬전 같은 연격이 펼쳐졌다. 드라칸은 빠르게 망치를 회전시켜 방어했다. 방어를 한다는 건 공격을 위협적이라고 느꼈다는 뜻이었다.

그것을 본 무사들의 기세가 한층 올랐다.

"몰아쳐!"

"진형을 유지하고서 합수연격을……!"

쿠궁!

얼마 떨어지지 않은 지점에서 불길이 치솟았다.

대기 중이던 제국군이 사격을 시작한 것이다.

"……."

드라칸은 마뜩잖은 듯 눈살을 찌푸렸지만 화를 내거나 하진 않았다.

전시 판단은 부관에게 맡겨둔바, 그의 판단력이 자신보다 낫다는 것엔 의심의 여지가 없었다.

그의 부관이 포격을 명령했다면 그럴 만한 가치가 있는 것, 그리고 포화가 떨어지는 한복판은 그가 좋아하는 전장이기도 했다.

콰과과과광!

빗발처럼 쏟아져 내리는 포탄 가까운 곳에서 터져 나온 파편에 무사 몇 명이 휘말렸다.

드라칸의 바로 옆에 떨어진 것도 있었지만 정작 그는 멀쩡했다.

"2차전이군. 제대로 다시 해보지."

"그냥 죽어!"

문수아와 차수정이 합격에 들어갔다.

그녀들의 머리 위로 불의 비가 쏟아지고 있었다.

무궁화의 지휘실.

상황을 지켜보던 김성렬이 명령했다.

"중앙을 우회하여 놈들의 좌우를 치겠다. 곡사포의 궤도를 놈들의 중앙군에 맞추도록."

미리 준비를 마쳐 둔 한국군 포격 부대가 불을 뿜기 시작했다.

다연장 미사일과 이온 캐논, 그 외 갖가지 포탄이 제국군의 머리 위로 쏟아지기 시작했다.

제국군 역시 멍청히 있지만은 않았다.

포격 부대를 둘로 분할, 절반은 드라칸의 격전지에 쏟아붓고 나머지는 한국군을 향해 날렸다. 더불어 좌우 양익의 기간틱 아머 부대가 움직이기 시작했다.

진격 루트는 역시나 중앙을 우회한 좌우, 한국군과 같은 선택이었다.

데칼코마니 같은 모양새를 연출하며 두 군대가 서로를 향해 짓쳐 들어갔다.

우선은 어느 한쪽도 상대방을 포위하기는 힘든 팽팽한 전황이 이어졌다. 그런 만큼 양 병력의 순수한 전투력이 승패를 결정짓게 될 터였다.

쾅!

콰드드득!

빨려들 듯 서로를 향해 쇄도한 기간틱 아머들이 거세게 충돌했다.

부딪치는 강철의 파도 위로 파편과 불똥이 요란하게 튀어 올랐다.

강철을 뚫고 들어가는 또 다른 강철.

다시 그 위로 떨어져 내려 양쪽 모두를 짓이겨 버리는, 보다 거대한 강철.

피 대신 기름, 살점 대신 금속 파편이 튀어 오르는 전투.

치열하게 전개되는 공방의 향방은 쉽사리 어느 한쪽으로 기울 것 같지 않았다.

"제법이군."

위성을 통해 전송되는 전장도를 보며 김성렬은 침음을 흘렸다.

신서울 내전과 대(對)아라크네전, 한중전쟁까지 거치며 최정예로 거듭난 한국군 1군단이었다.

한데 북미 제국군은 그에 결코 뒤지지 않는 전투력을 보이고 있었다.

'게다가 아직 놈들은 모든 것을 선보이지 않았다.'

강화 인간.

북미 제국의 비밀 병기라 할 수 있는 강화 인간 부대가 아직 전장에 모습을 드러내지 않았다.

아마도 극적인 투입으로 허를 찌르려는 생각일 터.

때문에 보이지 않는 지금부터 대비해 둘 필요가 있었다.

'무엇으로?'

그것이 김성렬의 고민거리였다.

이론적으로는 이능력자 병력을 투입하는 게 이상적이었다. 하지만 그 대부분이 마수의 전진을 막기 위해 서부에 배치되었다.

거기에 예상과 달리 기갑 부대 간의 전투가 팽팽하게 전개되고 있었다. 그리고 접전 중이지만 미세하게나마 우세를 점하는 쪽은 그들이 아닌 제국군이었다.

같은 시각, 차수정도 김성렬과 같은 고민을 하고 있었다.

"……."

그녀는 귀에 부착된 통신기를 통해 오퍼레이터로부터 전장의 상황을 실시간으로 전달받고 있었다.

동시에 전력으로 드라칸과 접전을 펼치고 있었다.

적시운만큼은 아니더라도 대단한 멀티태스킹이라 할 수 있었다.

"쳇!"

옷자락에 붙은 불길을 털어내는 문수아, 차수정은 마음을 굳히고서 그녀를 돌아봤다.

"무사들을 데리고 뒤로 빠지도록 해."

"뭐?"

"체력을 회복하면서 기다려. 조만간 제국 쪽에서 수를 쓸 거야. 아마도 강화 인간이겠지."

소곤거리는 목소리였지만 드라칸은 충분히 들을 수 있었다. 그는 이채를 띤 눈으로 차수정을 쳐다봤다.

"놀랍군. 우리의 강화 인간 부대에 대해서도 알고 있는 건가?"

차수정은 대꾸하지 않고서 문수아에게 말했다.

"가. 너희가 그들을 맡아야 해."

"너 혼자 남겠다고? 저 괴물을 상대로?"

"죽이는 건 쉽지 않겠지만."

차수정이 숨을 들이쉬었다.

순간 주변의 불바다가 거짓말처럼 진화되었다.

"버티는 것만이라면 괜찮을 거야."

"……!"

그녀의 공력을 읽어낸 문수아가 놀란 표정을 지었다.

반면 드라칸은 기분이 상한 듯 미간을 찡그렸다.

"냉정한 줄 알았더니 이제 보니 만용이 지나치군그래."

"가, 문수아. 여기는 내게 맡기고."

"알겠어."

문수아는 더 반론하지 않고 다른 무사들에게 지시를 내렸다.

그것을 본 드라칸이 훌쩍 뛰쳐 올랐다.

"내가 가게 내버려 둘 것 같은가?"

"물론 아니겠지!"

얼음 회오리가 대지를 끌어 올리며 솟구쳤다.

드라칸은 그대로 뚫고 가려 했으나 생각보다도 역풍이 강했다. 게다가 그의 정면으로 덮쳐드는 것은 회오리만이 아니었다.

쐐애애액!

전속 항진하는 돛단배처럼 날아드는 차수정의 신형.

드라칸에게 있어 역풍인 바람은 그녀에게 있어선 반대로 순풍이었다.

"그러나 여전히 무모하다!"

S랭크 육체 강화계 능력자의 힘은 역발산기개세의 그것이

었다.

정면으로 충돌한다면 전차에 깔린 것처럼 짓이겨질 터.

그럼에도 차수정은 궤도를 바꾸지 않고 짓쳐 들어갔다.

그녀의 신형이 흔들린 것은 충돌하기 직전의 찰나.

카가각!

옆구리를 스치는 화끈한 감각에 드라칸은 미간을 찌푸렸다.

그의 망치는 허공을 갈랐고, 그로 인해 발생한 돌풍도 차수정을 휘감지는 못했다. 반면 그녀의 칼날은, 큰 타격을 주진 못했지만 분명히 드라칸을 가르고 지나갔다.

그리고 작지만 분명한 통증을 남겼다.

"으음!"

그가 침음하는 사이 문수아와 무사들은 냅다 뒤돌아 달려갔다.

드라칸은 그녀들을 뒤쫓으려 했으나 어느새 돌아온 차수정이 다시금 앞을 막았다.

"S랭크 이능력자…… 는 아닌 것 같군."

"A랭크."

"강화계인가?"

"냉기술사."

드라칸의 눈동자가 흔들렸다.

"그런데도 그런 스피드와 파괴력을 낼 수 있다는 말인가?"

"펜타그레이드라고 해도……."

차수정은 빙긋 웃었다.

"의외로 아는 것은 그리 많지 않군요."

"……."

"아마 황제에 대해서도 모르는 게 더 많겠죠. 황제가 대체 무슨 생각으로 명령을 내렸는지, 당신들이 왜 이곳에 와 있는지도 모를 테고요."

"쓸데없는 말이 너무 많구나, 계집."

"어조가 변했다는 건 정곡을 찔렀다는 의미죠."

드라칸의 낯빛이 변했다. 약간이나마 남아 있던 여유가 완전히 사라졌다.

"전력으로 부숴주지."

쿠구구구구……!

전율하는 대지 위.

마수들은 무엇에도 얽매이지 않고서 걸어가고 있었다.

거대한 놈들이 작은 것들을 짓밟았고, 작은 것들은 거대한 것들 위로 마음대로 올라탔다.

자기들끼리 죽이고 잡아먹는 것은 예삿일.

싸움이 붙어 진군이 더뎌지는 것은 기본이었다.

그럼에도 마수들은 천천히, 그러나 꾸준히 전진하고 있었다.

아무리 느리더라도 며칠 내에 인간의 영역을 침범하게 될 것이 분명했다.

"그러니 우리가 막아야겠죠."

헨리에타는 홀로그램 지도의 한 곳을 가리켰다.

"우리는 유격전을 펼칠 겁니다. 치고 빠지는 걸 반복해서 놈들을 철저히 괴롭힐 거예요. 우선적으로는 놈들의 진군을 늦추고, 궁극적으로는 놈들을 쓸어버릴 겁니다."

"적시운 님은?"

밀리아의 질문에 헨리에타는 잠시 주저했다.

"……그에겐 따로 해야 할 일이 있어."

"우리의 힘만으로 1억 마리의 마수를 막아야 한다는 거네?"

"그래."

고개를 끄덕인 헨리에타가 힘주어 말했다.

"그리고 반드시 그렇게 될 거야."

to be continued